mitologia das abelhas

e outros contos

intermeios
CASA DE ARTES E LIVROS

LARANJA ● ORIGINAL

filipe moreau

mito
logia
das
abelh
as

e outros
contos

7

29

65

101

117

129

167

187

205

233

253

265

mitologia das abelhas

pequenas histórias

as projeções de nícol

à procura de singeleza

passagens de humor

novas aventuras de níquel

más de las pequeñitas

por onde andava nícol

willy e o velho níquel

desventuras com a namorada: willy & sally

willy se transforma em nícol

anotações

mitologia das abelhas

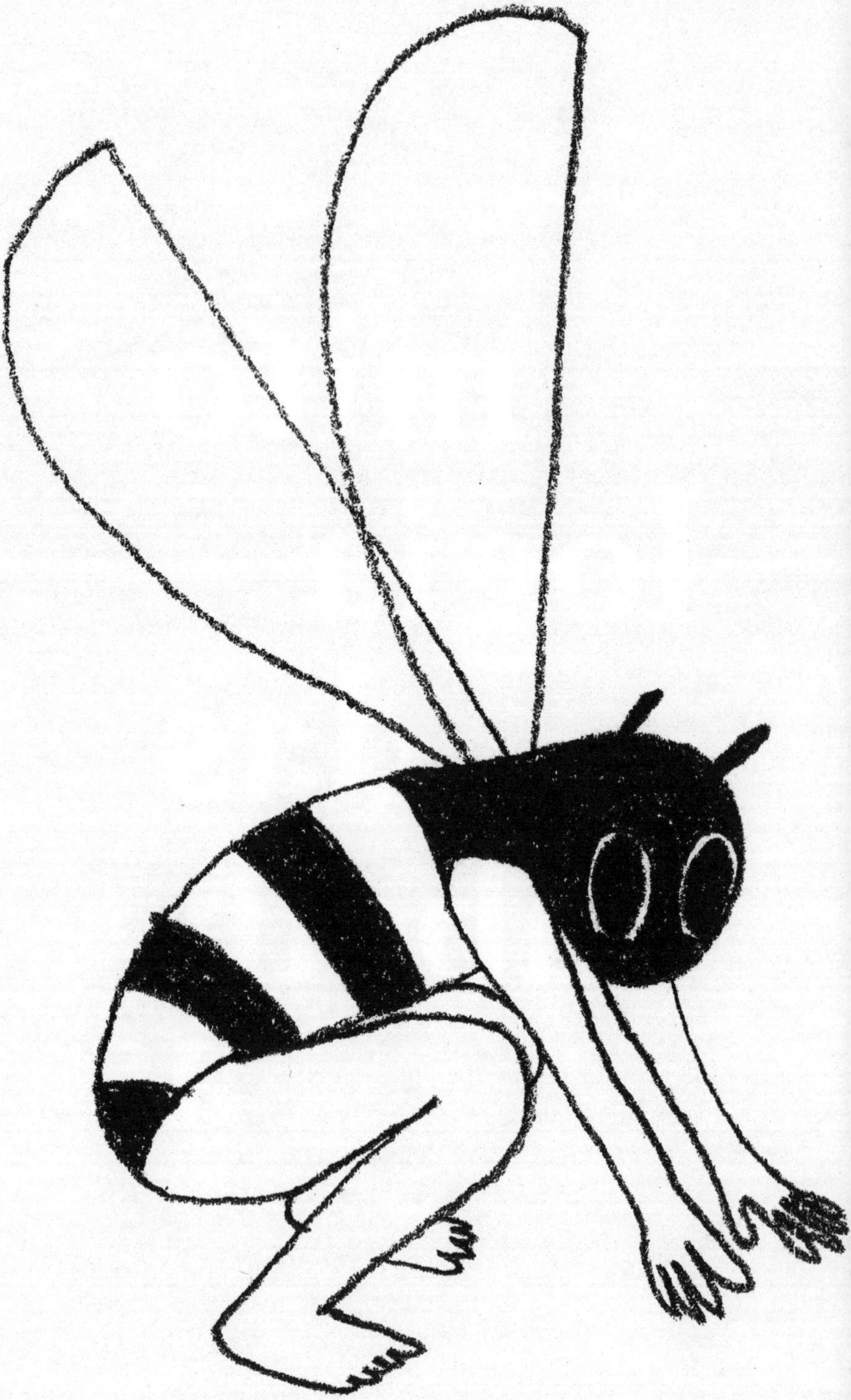

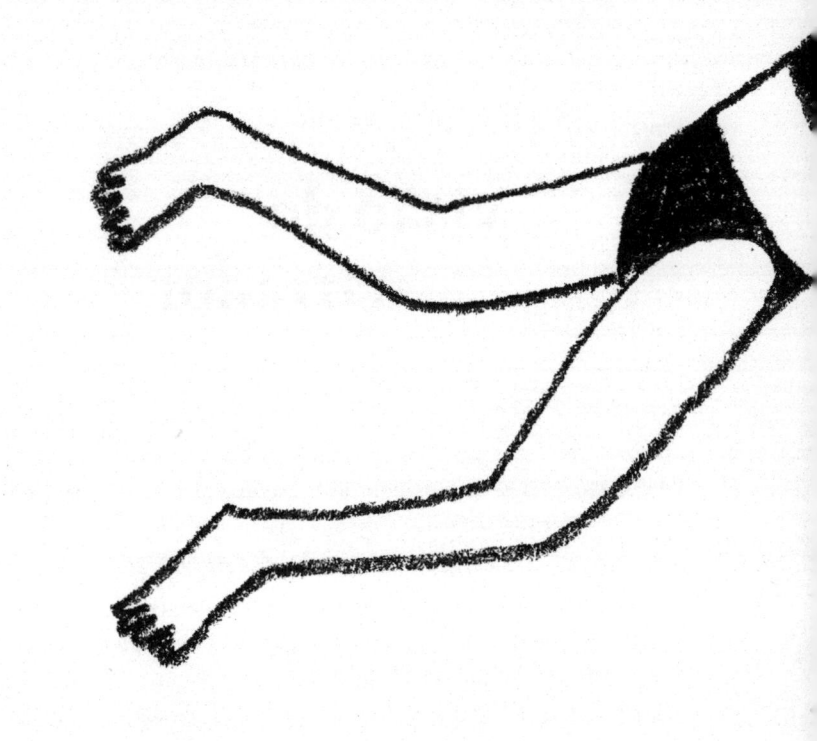

visão do narrador

Poucos acreditarão na seriedade deste estudo, uma vez que para a maioria das pessoas, a comunicação entre animais de mesma espécie que não a humana seria precária, se comparada à nossa. É sabido que todos os animais e até plantas possuem linguagens próprias de comunicação entre si, fazendo uso de sentidos não restritos à audição e visão (mesmo a comunicação oral humana se utiliza de gestos que complementam certas informações); e é essa comunicação que dá o principal conteúdo de aprendizado entre as gerações na luta pela sobrevivência – o que muitas vezes se credita ao simples instinto.

As abelhas possuem, também é sabido, linguagem visual que permite a elas, através do voo, executar manobras coletivas associadas a trabalhos em equipe, levando à maior eficiência na construção do bem comum, isto é, a colmeia. O mesmo se poderia dizer das formigas, e outros tantos exemplos poderiam ser dados para demonstrar que há linguagens entre indivíduos de uma mesma espécie, signos que representam "perigo", "abundância de alimento", "época de namoro" etc.

Alguns humanos sentem dificuldade em abstrair linguagens que ultrapassam os nossos sentidos, como aquelas que se baseiam em frequências sonoras diferentes das que podemos captar. É o caso da linguagem dos morcegos, que conseguem voar aos milhares, no escuro, sem se chocar. Ou a dos peixes, que fazem manobras conjuntas de milhares de indivíduos, amplamente coordenadas.

Frequências sonoras que não ouvimos permitem, por exemplo, que os animais busquem refúgio anteriormente à chegada de um maremoto (tsunami) ou terremoto.

Por uma série de circunstâncias, tive oportunidade de conviver com abelhas e estudar sua linguagem sem os métodos tradicionais dos biólogos, mas com conceitos linguísticos. Toda comunicação inclui um emissor, um receptor e um código que passe a informação. É assim na música, cuja mensagem pode ser tão analógica que o conteúdo que se quis transmitir difere em inúmeros graus do que foi recebido pelo outro.

As abelhas se comunicam pelo voo, que é a um só tempo visual e tátil, pelo movimento de ar que provoca, alterando a temperatura. Ao mesmo tempo, comunicam-se por sons e gestos. Provavelmente as antenas servem para detectar alterações de calor e de som, em frequências que não temos capacidade de ouvir.

Mas tudo isso é o que menos importa para o tipo de linguagem que consegui estabelecer com elas.

Trata-se de uma linguagem primordial da mata, de atenção a outros seres.

As abelhas acompanham a minha vida e eu a delas desde cedo, quando na adolescência pude impedir a esterilização de uma casa e a destruição da colmeia nela existente. Depois, mantive essa postura ao longo de muitas reformas e reparos na mesma casa. Foi por isso que ganhei delas o apelido de arquiteto.

Assumindo a autoria desta espécie de relatório, devo confessar que, enquanto tentava lembrar-me de algumas histórias (para compor o *corpus* mítico elaborado só entre abelhas, que pretendo relatar), uma delas pousou em meus lábios e preferiu neles permanecer por longo tempo. Por esse motivo, reconheço que houve a alteração de algumas anotações e que muitos trechos aqui lembrados e transcritos receberam a influência dela, que teve parte, portanto, na autoria.

Deixo para depois algumas sutilezas relativas à linguagem das abelhas. Importa que aprendi grande parte de seus sinais de comunicação. Nas conversas que tivemos, pude entender as motivações de vários de seus mitos: quando se juntam uns aos outros, trazem-nos uma noção mais ampla de suas concepções de vida, trabalho, amor, sobrevivência e mesmo transcendência.

No mundo delas, a natureza é a mesma, mas o que chamamos de cultura ganha outra definição e novo aspecto, quase de subversão à ordem divina.

Vamos aos mitos.

quadro mitológico

1 – da criação

Tudo que se passa dentro de uma abelha já se passou em outra, o que não significa que tenha sido no passado, pois todo o passado e o futuro cabem no presente. Assim, não existe uma abelha que tenha sido anterior a todas as outras. Supõe-se que todo ser em forma de abelha tenha se originado de uma única ninhada que não necessariamente seria de uma abelha. A forma de abelha teria vindo de outros mundos, em que geologicamente surgiram cristais de ponta hexagonal que inspiraram a colmeia.

2 – do dilúvio

Elas acreditam que intempéries e cataclismos ocorrem pela necessidade de iniciar-se um novo ciclo. Bem antes das primeiras abelhas existirem, a superfície planetária chegou a ser habitada por seres gigantescos das mais variadas formas e costumes, mas nenhum teria atingido a vida comunitária plena, que as fez mais resistentes às grandes provações da natureza.

ABELHA DOS OCEANOS
Nenhum cataclismo foi maior do que o dilúvio ocorrido milhões e milhões de anos atrás. Alguns insetos ancestrais teriam se refugiado em regiões altas da faixa mais quente do planeta, mas foi pela intervenção de um ser gigantesco, possível habitante das profundezas oceânicas, que puderam sobreviver até que tudo voltasse à normalidade.

ESPÉCIES SOBREVIVENTES
As formas de vida desenvolvidas no fundo do oceano preservaram-se da catástrofe. Inicialmente cegas, mas abastecidas com energia de origem não solar (mas no calor gerado com as movimentações da matéria incandescente no interior do planeta), elas puderam seguir o seu curso evolutivo e gerar novas e novas formas, mas também não muito distanciadas das que existem até hoje, inclusive na superfície.

LINHA DE UMA HIPÓTESE ESPECULATIVA
Em um possível reencontro das condições apropriadas para a vida na superfície do planeta, ovas que subiram teriam levado à recolonização de tudo. Mas não sabemos se essa casualidade levaria ao surgimento de um novo tipo de abelha. Acredita-se que a espécie herda sua atual forma das que sobreviveram na superfície (devendo a elas, portanto, sua existência).

3 – das divisões do tempo

Foram as primeiras abelhas a desenvolver matemática que cunharam a frase "não dividirás por zero", maneira de alertarem os menos precavidos para o risco de se embrenharem no domínio do sagrado. O indecifrável envolve conhecimentos sem volta no campo minado da existência.

OPERAÇÕES MÍNIMAS E MÁXIMAS
Como dividir algo pelo que não existe? Acreditam que, por analogia, tudo que se divide por si mesmo é igual a um. Então, algo que não existe dividido por si mesmo (ou por outra inexistência) resultaria no que é existente. Haveria, portanto, uma operação de nada sobre nada para que algo existisse. Mas entendem que algo que fosse divisível já teria existido. A inexistência, dentro dela mesma, é que geraria a existência.[1]

---

[1] Na matemática das abelhas, ao contrário da nossa, o número *0* foi o primeiro a ser descoberto. Em sua concepção, o contraste entre *0* e *1* teria dado origem a todos os números. Compara-se, na nossa matemática decimal, ao fato de o número *100* ser o contrário de *80* (bastando-se dividir ambos por *81* para notar isso).

4 – das probabilidades do ser

Das ondas do mar vieram o tempo e as borboletas. Elas estavam sentadas, boiando sobre folhas (algumas ainda deitadas), quando, uma a uma, precisaram sair para copular e procriar, alçando voo em direção a regiões mais próprias e propícias à sua volta. Nos encontros que se seguiram, foram criadas as frases mais importantes das fábulas (como a que se lerá adiante), sendo a primeira delas uma espécie de provérbio: *Das folhas que caem nenhum vento desvia.*

FÁBULA DO IMPROVÁVEL

Estando lá o sol de olhos bem abertos, como quem anda ou acaba de dormir, a imensa massa em rotação desperta em seu nascimento para a unidade, até que vê passar mais perto do que a órbita de alguns planetas a borboleta azul. Vinda das nuvens como quem procura o pólen, em trajetória de muitos vetores, ela passa entre as árvores e se desvia dos passarinhos, mas tem no céu claro sua referência de vida.

5 – do nascimento do amor

Tudo é relativamente simples quando não se confunde o que algo é com a sua terminologia. Pode existir o amor sem a ideia de amor, mas contam as fábulas que as coisas passaram a existir em seguida ao seu vocábulo e, portanto, à ideia. "Faça-se o que deve ser feito" seria mais abstrato e imprevisível na mente de uma Criadora.

6 – da ordem cósmica

Há um gráfico de limites mostrando que a existência, múltipla ou una, dividida pela inexistência, apontaria para o infinito em átimos de tempo antes de se consumar. Assim é o cosmo, de raio que não se mede (não se visualiza uma esfera que não se delimita, mas horizontes óticos que se sucedem a cada avanço em qualquer direção), tempo que não finda nem à frente nem atrás (pois algo que não tem fim não poderia ter começo).

PERFEIÇÃO GEOMÉTRICA
Assim como é possível, para efeito de estudo, discernir os atores da paixão (o que ama do que é amado) e da vida (o corpo da alma), distinguem-se das formas regulares as que são meramente orgânicas e ligadas à origem biológica dos seres. A perfeição cósmica estaria na regularidade hexagonal dos planos que compõem o espaço.

7 – origens de alguns costumes

Pelo que se mostra aqui (incluindo as noções de divisão do tempo, do espaço e outras que elas possuem), já podemos compreender que há uma hierarquia celeste espelhada pelas sociedades de abelhas, que se traduz também na divisão de trabalho delas.

TENSÃO DE MEMÓRIA E TENSÃO SOCIAL
Pertencem a diferentes classes e funções os indivíduos de uma mesma comunidade, o que não significa inexistência de oportunidades para mobilidade social (que pode ser maior ou menor, conforme a colmeia).

POSIÇÕES DE EQUILÍBRIO
Sobre os deveres de cada classe, a colmeia se reserva o direito de estabelecê-los, havendo, porém, contínua troca de informações intercomunitárias e trabalhos diplomáticos para se discutir o futuro social da espécie.

8 – o caminhar do mundo

Para substituir um lema de índole militar criado em tempos mais difíceis ("Sem castigo e coação a colmeia se desorganiza"), nossos zangões cunharam frases mais apropriadas aos dias atuais, como esta: "Trabalhe como uma abelha e seja como as que a antecederam".

9 – a história é feita pela soma de momentos

Independente da ordem cósmica que se entende por falsa ou verdadeira, desenvolveu-se ainda no tempo das borboletas azuis a ideia de que "morte e vida são como a noite e o dia em cada ser".

10 – no fim de tudo

Acreditam que estamos todos em uma cadeia de movimentos, em que o maior leva consigo tudo o que é menor. Quer dizer, os movimentos dentro de cada corpo pertencem aos da superfície do planeta, que gira ao redor de si mesmo e do sol, que gira ao redor de si mesmo e da galáxia, que gira ao redor de si mesma e de alguma coisa. Aonde o sol vai, vamos todos, mesmo que tenhamos liberdade psicológica ao longo do tempo.

RECOMEÇO
Dizem que pior do que o medo da morte é o medo do fim de tudo, e deste, graças a ações atemporais das primeiras abelhas, já estaríamos todos a salvo, para o bem ou para o mal.

FEV/07

o yin
e o yang

Hoje há abelhas espalhadas por quase toda a superfície do universo habitável. Os grandes ensinamentos passados de umas às outras encontram variações proporcionais às distâncias geográficas entre os grupos e às características de cada ambiente.
Antes de concluir qualquer estudo, aprofundando-se no que há de verdadeiro ou fantasioso em suas especulações (tanto de caráter mítico quanto em questões filosóficas), é sempre importante comparar o que entendemos do universo – estas e as abelhas que habitam colmeias mais próximas – com o que foi elaborado ao longo do tempo (às vezes em milênios) pelas abelhas de lugares extremamente distantes. Elas também puderam trocar e aprimorar suas informações com colmeias vizinhas, suavizando-se assim todo o processo cultural.

Segue-se uma relação das considerações de caráter científico (mas que se juntam à filosofia e arte local) coletadas por uma abelha operária que, a pedido de nossa rainha, esteve em regiões diametralmente opostas à nossa em relação ao centro do planeta. Deve-se destacar que a informante trabalhou em conjunto com várias abelhas locais, e, dado que está desaparecida, supõe-se ter voltado àquela região

1 – se a terra veio do mar

O mar líquido (yin) certamente já envolveu toda a superfície terrestre em épocas passadas. O primeiro continente (yang) deve ter surgido no polo oposto (yin) ao hemisfério (norte) em que hoje se concentra a maior massa terrestre (yang), correspondendo à Antártida (yin). Já saída do mar neste polo (sul), uma imensa placa triangular conseguiu atravessar a zona equatorial (yang) até se chocar com a Ásia (yin), fazendo levantar a cadeia do Himalaia (yang) e propiciar solo fértil, banhado de rios (yin) onde hoje é a região da Índia. O equilíbrio entre as partes terrestre (yang) e marítima (yin) ocorreu bem depois do surgimento da vida.

2 – se a terra veio do sol

A força centrípeta (yin) responsável pelo lançamento de massa que deu origem aos planetas encontra equilíbrio com a gravitação solar (yang) exatamente no ponto que faz parte da trajetória elíptica de cada um desses corpos celestes, hoje reconhecidamente espalhados em inúmeras (quase infinitas) regiões do céu (yin). A origem (quase una) de toda a matéria (yang) pode estar representada na massa solar, que a partir de uma nuvem (yin) de hidrogênio teve o peso necessário à concentração e combustão do hélio, pelo mesmo processo que hoje alimenta o magma terrestre (yang). No passado, expelido pelos vulcões, gerou o vapor (yin) que, resfriado, deu origem ao oceano (que na época era um só), enquanto a rocha líquida sedimentada (yang) preparou os continentes (hoje múltiplos, em múltiplas placas).

3 – se a vida veio do mar

A primeira ameba seria unicelular (yang), e a própria divisão em duas já antecipava a ramificação bipolar de todas as possibilidades de vida (yin). O reino animal (yang) só surgiria bem depois do vegetal (yin) e de ramificações de outros reinos, até anteriores, associados ao ramo vegetal. Cada ser experimentou a orientação que distingue o centro (yang) da abóbada externa. Independente de ter olhos (yin) e outros órgãos de sentido, o ser pertencente ao reino animal se caracteriza pela mobilidade e dependência alimentar dos seres (yang) que captam a luz solar e a transformam em clorofila (yin).

4 – se da vida vieram o mar e as estrelas

Tudo se deve à atemporalidade do amor (yang), pela presença da luz (yin) de todas as eras em uma simples copulação (yin e yang). Se nela se sente que o amor (yang) é maior que o céu (yin) e até o infinito (yin e yang), a impressão se deve à ausência de ideias (yin) que funcionem de modo a estruturar as concepções (yang) de afeto e espiritualidade. A espiritualidade ideal (yin) deve seguir as mesmas leis da natureza, mas sem se basear (yang) em corpos transitórios.

5 – origem das cidades

As abelhas atualmente mantêm simbiose com seres humanos, cuja origem remonta coincidentemente à época das primeiras colmeias. O hominídeo surgiu na África (yang) e de lá se espalhou aos outros continentes por rotas migratórias (yin) determinadas pela presença (yang) de frutas e pequenos animais que serviam de alimento, ou ausência (yin) de grandes obstáculos como eram os desertos e mares agitados (yin) antes de ser desenvolvido o hábito da navegação (yang).

6 – da palavra

Da palavra (yin) nasceu o verbo (yang), e antes que precisasse dar algum significado às coisas (yin), já havia quem profetizasse que os hominídeos fariam o uso indiscriminado dela (yang) para exercer amplo domínio militar sobre o planeta (yang). Mas a palavra também serviu à confecção (yin) de contos e poesias, expressando coisas variadas, como o desejo de que o mundo fosse habitado por pessoas doces e amorosas.

7 – importância da vida comunitária

Todo alimento (yang) traz em si o trabalho de muitos seres, que depositam nele o seu tempo e energia em prol da comunidade (da qual constituem cada parte). Assim como há tipos de pólen que aumentam a temperatura do corpo (yang) e que a diminuem (yin), e os que aceleram (yang) ou diminuem (yin) a velocidade de uma abelha em voo (yin-yang), o alimento preparado na colmeia (yang) deve ser distribuído na medida exata (yin) para que em média cada indivíduo receba sua suficiência proteica (yang) e de sabor (yin).

MAI/09

revelações de uma rainha que chegou à estratosfera

Acredita-se que havia uma abelha rainha, a princípio não espiritualizada (nem mesmo interiorizada), capaz de voar tão alto que chegou a atingir uma camada mais rarefeita, correspondendo talvez à última de nossa atmosfera. De lá ela teria observado o planeta como um todo, na forma de uma imensa (e bela) bola azulada que estaria rodando ininterruptamente (por inércia, já desde que lançada do sol há bilhões de anos) em torno de si mesma.

Não se pode afirmar que toda a sua inspiração tenha advindo desse átimo de tempo em que obteve a visão abrangente. Há inclusive más línguas dizendo que a curiosidade científica da profetiza se exacerbou a partir da insatisfação que estaria sentindo por causa da inatividade de alguns de seus amigos zangões. Mas o fato é que as observações astronômicas feitas por ela já são aceitas inclusive em colmeias de outros continentes.

E a tempo, é sempre bom esclarecer: diferente das explicações proféticas dos seres humanos, as desta abelha (que se diz profetiza) procuram se basear no que os seus olhos viram e o cérebro sentiu, embora ela possa ter feito confusões e trocas de referência em razão da distância e também das limitações naturais do discurso, na hora de traduzir sua experiência em palavras.

I

"Imagino que quando se formou a matéria (uma vez que tudo estava criado), as combinações de seu processo resultante seriam muitas. Afinal, tratou-se de uma explosão, o que nos permite especular apenas sobre a vizinhança planetária do nosso sistema solar – este que, por sua vez, orbita perifericamente a enorme espiral de nome Via Láctea, Talvez isso, valha-me Deus, represente toda uma massa estelar sendo sugada por um buraco de gravitação altíssima, vindo a condensá-la em um único ponto para dar origem à nova explosão criadora (ou força centrípeta).

"Valha-me Deus, não sabemos o que se passa e se passará no futuro, mas sabemos dentro de nós mesmos que há forças sensíveis de emoção e sentimento, cuja explicação deu origem a diversas crenças e religiões. Cada abelha traz em si ao mesmo tempo o que é mau e bom, o zangão idem. O mesmo ocorre com todos os animais e possivelmente com as plantas, e outras formas de vida.

"Voltando ao sistema solar, nosso jardim é composto de outros planetas (como se definem as concentrações de massa a orbitar nosso sol), alguns deles enormes e grandiosos com seus anéis e um bom número de luas, e também de asteroides, cometas e outras coisas que já não somos capazes de conceber a nível material (porque a nível energético – a outra forma da massa ou matéria, de quando não está concentrada – sabemos menos ainda, ou talvez saibam os físicos humanos sobre os tais ventos solares, fluxos de radiação, neutrinos etc.).

"Neste sistema solar, em nosso lindo planeta azul brotou a vida, talvez vinda de um cometa ou de Marte, para alguns, por um asteroide, ou ainda de outro lugar. A teoria mais aceita pelos humanos é que todas as vidas sejam aparentadas, ou seja, que ela aconteceu uma única vez em toda a história do universo: um prolongamento da matéria que não é natural, pois se o fosse brotaria em outros meios, por outros modos, mas ao que parece só ocorreu uma única vez de a matéria se transformar em vida e assim dar origem a todos os seres.

"Se a vida fosse um simples prolongamento da matéria, acreditaríamos que antes dos cristais, as rochas teriam vida, uma vida passiva, que só reagisse pelo que lhe viesse do exterior, mas assim também a energia e os átomos estariam vivos, o que destituiria de sentido a palavra "vida" (pois tudo seria vida, mesmo o nada que lhe deu origem por oposição). O fogo, a água, estes fazem sentido como elementos de origem; aliás, a ciência humana aceita que a vida, que é de carbono, precisa de outros elementos, como o oxigênio, e da energia do hélio; enfim, deveríamos pesquisar mais sobre essas coisas, para que elas se tornassem palpáveis."

2

"Nossas astrônomas em terra demonstraram haver vários tipos de sistemas estelares e planetários, sendo o nosso menos comum que aqueles formados por duas estrelas orbitando uma na outra. Os seres humanos descobriram planetas em outros sistemas, mas é ainda uma informação recente, mais calculada que vista (o brilho da estrela ofusca os objetos menores, que indicam sua existência apenas pelo efeito gravitacional que exercem).

"Uma abelha que se preze pela cautela (já em sua prudência) deve se perguntar: como orbitariam os planetas em duas estrelas? Geometricamente, poderíamos considerar que a área ocupada pela translação dessas estrelas uma na outra seria o centro de órbita desses planetas. Ou ainda, que eles descreveriam em sua órbita uma elipse, como se cada estrela fosse um dos focos: mesmo que elas estivessem em movimento, seria possível calcular a órbita de um ou mais planetas, talvez em planos diferentes, como os elétrons de um átomo.

"Mas e na prática? Como começaria a órbita, já que ela é o ponto de equilíbrio entre a atração gravitacional e a força de propulsão causada por sua própria velocidade? Duas estrelas que se orbitam mutuamente podem ser chamadas de um casal de estrelas (mesmo que não se defina gênero ou sexo, da mesma maneira que aceitamos a ideia de um casal homossexual)? O seu séquito planetário seriam os filhos?

"Em nosso sistema, o sol majestoso e seus sete ou oito planetas nos fazem lembrar a linda família de um só progenitor. Minusculamente na superfície de um de seus planetas atravessamos a rua lotada de seres humanos e sabemos que, juntos deles e de outras espécies (principalmente bactérias, que são a maioria), somos apenas as células de um tecido orgânico, já insignificante para o tamanho de uma montanha, menos significante ainda para o tempo do planeta e outros componentes da escala cósmica. E sabemos que, em cada muda de árvore plantada nos canteiros, em cada vasinho que enfeita uma janela, coexistem universos celulares e atômicos tão ou mais complexos que o nosso."

3

"Quando os humanos vão para o campo e se sentem melhor na ausência do barulho de carros e motocicletas, pensam que isso representa a paz. Mas deveriam saber que aquele aparente silêncio é na verdade uma composição de inúmeros sons, muitos deles emitidos por seres que estão em extrema agonia e dificuldade, pois em todos os universos há momentos de dor, tensão, desespero e fome na luta pela sobrevivência, por parte de plantas e animais de espécies menores, que nós, abelhas, podemos observar e lamentar a sorte (mesmo, diferentemente dos humanos, não tendo a pretensão de salvar todas as espécies).

"Apesar das múltiplas ignorâncias que podemos apontar nessa espécie que, com sua superpopulação, tem causado grandes desequilíbrios, segue-se agora um elogio aos humanos, em razão de suas experiências.

"A ciência é boa e deve ser a grande referência das coisas, porque faz medições na natureza e deixa de considerar verdade tudo que não possa ser verificado. Depois de retroceder por milênios, a ciência humana de hoje (pós-iluminista) sabe, como as abelhas, que nenhuma espécie é medida de coisa alguma, que não somos o centro do universo e nada indica que formas humanas ou de abelhas (para eles o homem e a mulher, e para nós a rainha, o zangão e a operária) derivam diretamente de uma forma mais pura do que as outras, ou de algo essencialmente divino (superior às outras coisas).

"Na ciência humana, deram-se nomes aos primeiros números, descobriram-se relações de proporção (razão matemática) e, alguns passos adiante, já se verificou que dois pontos determinam uma reta, e que três pontos determinam um plano (na verdade, com dois pontos, ou mesmo um, pode-se determinar o espaço, desde que este tenha as características de uma esfera, ou seja, três dimensões; o que é a linha reta senão o segmento de um círculo de raio infinito?).

"Destacaram-se características numericamente notáveis na natureza, e, na época renascentista, houve a tentativa de se retratar o ser humano na sua máxima naturalidade (e assim espiritualidade): em sua característica corporal bem precisa, gênios da pintura chegaram a achar que houvesse mesmo uma relação direta entre a fisionomia humana (resultante de centenas de milhares de anos de adaptação às condições de vida no planeta ao lado de outras espécies) e a do que se supunha ser o Criador.

"Mas na natureza, hoje assim descreve a ciência, realmente todas as coisas têm algo em comum, isto é, o aspecto bipolar básico dos extremos de cada coisa, que os chineses chamavam de yin e yang. O espaço vai do infinitamente grande ao infinitamente pequeno, o tempo do infinitamente passado ao infinitamente futuro, e a ciência é capaz de formular regras de comportamento das coisas em fragmentos precisos dessa infinitude.

"Enfim, transcorridos alguns séculos de valorização e avanço da ciência, já se podem enfrentar algumas artimanhas das superstições e outras crendices, com base em números e fatos concretos, experimentáveis sobre determinados assuntos. Mas existe também entre os humanos a psicologia, que tenta demonstrar (não podendo ser uma ciência exata, como também não o é a medicina, embora seja mais científica e rigorosa que a psicologia) o que existe em nós, em nossa íntima sensação de existirmos, que são os vários "complexos" construídos em nossa experiência de vida, uns mais atuantes que outros, e todos vivos em uma memória que em verdade não se apaga, podendo ser resgatada com determinada técnica.

"Talvez se tirássemos todos os complexos e máscaras não houvesse nada dentro, e em verdade, o que somos, é a nossa memória em nosso corpo, que nos traduz a vida pelos sentidos."

4

"Igualmente para as abelhas e para os seres humanos, a consciência de si é um processo intuitivo, tanto que se pode encontrá-la em outros seres vivos, de diferentes características. Já o raciocínio mental apoiado na lógica da palavra, fundamentado em todo um repertório de conhecimentos coletivos, relaciona às vezes sem perceber uma série de experiências passadas para afirmar quando algo é falso (fantasioso) ou verdadeiro.

"Para se criar um sistema de conhecimentos, há algo fundamental, que no fundo resume a experiência do ser: a memória. Somos a nossa consciência, ou tudo de que nos lembramos de nós e do mundo para nos afirmar como mente e corpo atuante em uma transformação cósmica.

"A memória, ou a falta dela (o seu mau funcionamento) é responsável pelo aparecimento de fantasmas. Fantasmas representam uma coisa simples: o lapso na consciência de gestos passados, causando-nos a impressão de que determinadas coisas (objetos inanimados) se movimentaram por conta própria.

"Não se sabe se a memória (e por analogia, devido à grande semelhança que há, realmente, os humanos deram o mesmo nome ao armazenamento de dados feitos em um computador) pode ser exercitada, mas de qualquer forma há meios de ajudá-la, resgatá-la, organizá-la, preservá-la: registros bem codificados que por estímulo possam ativá-la (avivá-la) a cada átimo do tempo, fazendo com que nunca haja prejuízo na consciência do ser."

FEV/07—NOV/08

comentário
do narrador

Essas suas últimas palavras fazem lembrar que entre nós, humanos, muitos estudos já se propuseram a decifrar semelhanças e diferenças entre as formas de comportamento e transmissão de informações nos diversos seres vivos. Desde os organismos mais simples, a reação a determinadas condições do meio externo se daria por meio do que alguns chamam de "sedimentações", ou "cristalizações", que por sua vez só funcionam pelo armazenamento de informações a que damos o nome de "memória".
Essa cadeia operatória seria responsável nos animais por algo ainda pouco desvendado, o chamado instinto. Mas em vários tipos de animais, há sociedades em que é possível encontrar reações desencadeadas não apenas pela experiência individual, mas pela comunicação entre seus membros. É essa comunicação que possibilita a formação de uma cultura comum, expressa fundamentalmente, de início, em seus mitos.

Toda cultura, humana ou animal, é coletiva, baseada na memória coletiva que se forma essencialmente pelo uso da linguagem (no nosso caso, ela é principalmente auditiva e visual, pois são estes os sentidos mais atuantes; mas no âmbito da memória, outros sentidos também atuam, como no caso da memória involuntária descrita por Proust). O cérebro de qualquer ser sempre se defronta com situações novas ou já experimentadas: uma dupla condição que gera níveis de inteligência variados, entre o automatismo e a reflexão.

A constituição de mitos se funda na memória coletiva, que se deve à capacidade de transmissão da experiência individual. No caso humano, podemos nos sentir à frente das abelhas em muitos aspectos, porque a aquisição de uma memória artificial (primeiramente escrita, e hoje amplamente tecnológica) permitiu a sedimentação do conhecimento e sua divulgação no espaço e no tempo.

pequenas histórias

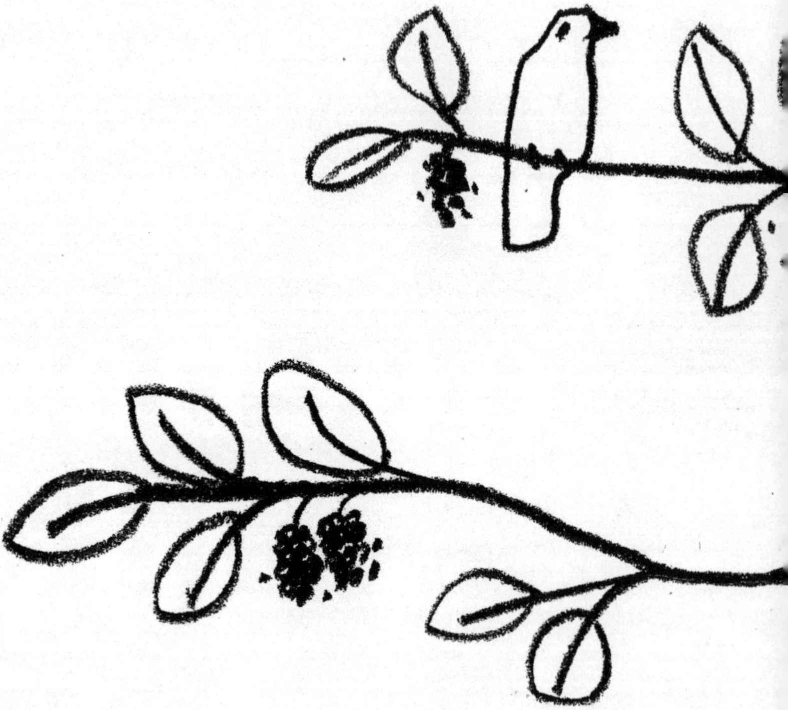

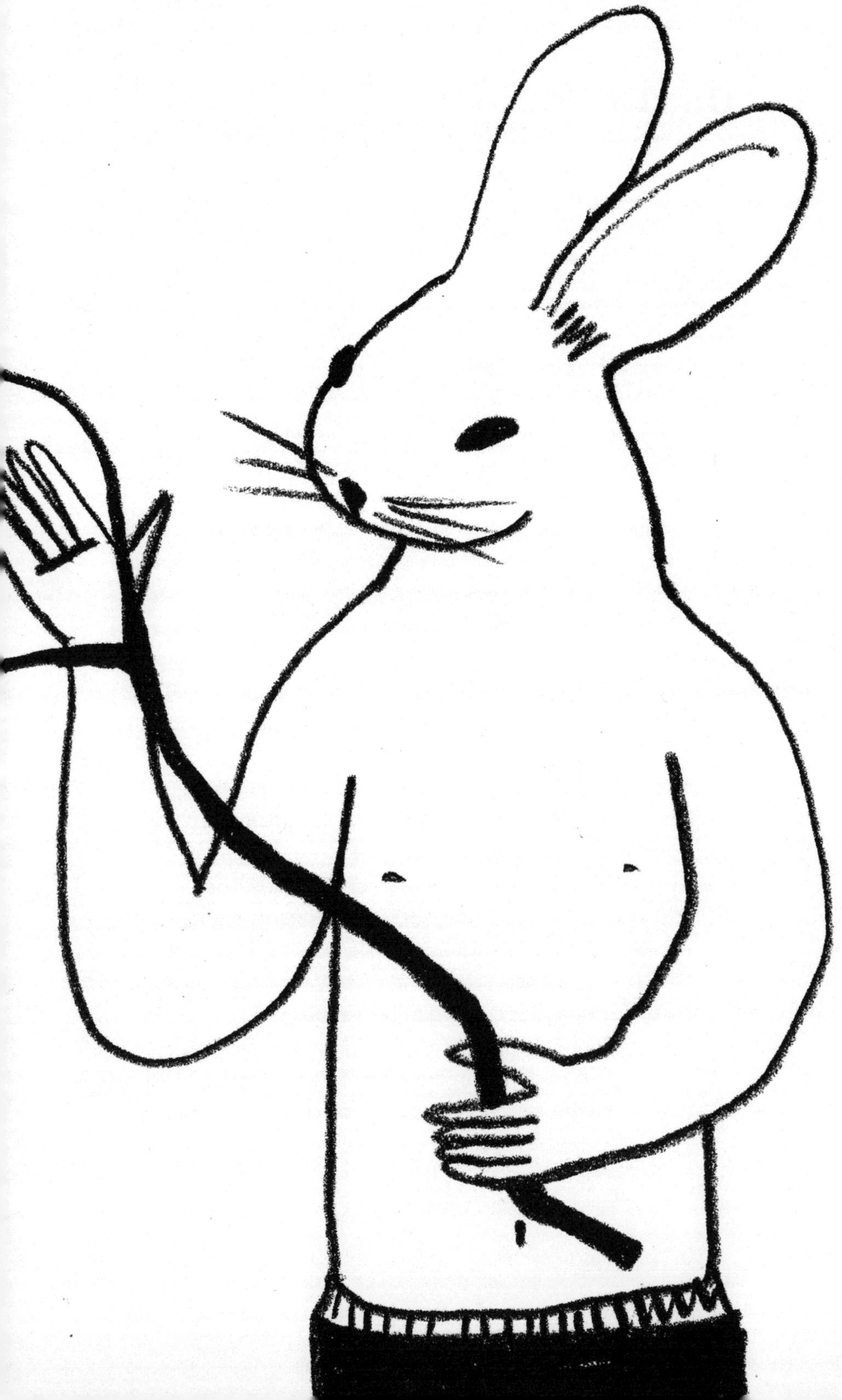

os morcegos

Havia duas estrelas, feitas da mesma matéria, que se orbitavam. Enquanto a primeira mal adormecia, a outra já se preparava para acordar. Seria uma grande bobagem acreditar que são parecidos os mecanismos do átomo e do sistema planetário dessas estrelas, mas, para aquele adolescente, fingi acreditar.

Cheguei à casa dele de coração aberto. Os cães, acostumados a atacar todos que vinham de fora, preferiram não me morder. É o estranho jeito de ser dos morcegos, cegos da vista, porém capazes de evitar colisões pela sensibilidade que têm ao ultrassom.

Já acostumado ao amigo sensível e atento à sua sonolência hipnótica causada pela TV, pus-me a falar sobre a estranha sexualidade dos indivíduos solitários que se contentam em assistir a vídeos (e aliviam-se em saber que se amar é um problema para eles, essa não é a regra geral: existem mulheres dispostas a dar prazer sem grandes complicações). Comparei a honra deles à de um coelho que é perseguido por um gavião, afasta-se do bando e se sacrifica com altivez, para perpetuar a espécie, mas não a si próprio. Vendo que ele não se interessava, parei por aí o comentário, preocupando-me então só com que o cheiro de fumo não se alastrasse mais.

O vampirismo é antigo, dionisíaco e orgiástico. Vem do tempo em que a espécie humana queria dividir-se em duas, carnívora e vegetariana. Mesmo naquele tempo havia aqueles que, como eu, alternavam seu comportamento, sem preocupações excessivas.

Em seu conforto, meu amigo principiou a contar a história de uma pessoa que ele reencontrara: a jovem agitada, recém-separada do marido. Amar, ela podia, mas nunca com um vampiro. Ele se condoía porque, quando a conheceu, eram os dois mais belos e virgens.

Fui até a cozinha, talvez por desinteresse, mas preparei um chá. Na volta ele dormia, e precisei acordá-lo para que em minha saída não fossem incomodados os cães, e ele pudesse trancar a casa.

JAN/93

cinema

Yes... Yes... Assim terminava o filme, como provavelmente o livro de James Joyce. Saiu do cinema, acendeu o cigarro e, por sorte, havia um bebedouro ali perto: mataria sua sede e poderia desse modo esperar mais um pouco, caso tivesse de encontrar a mulher fatal.

Nada. Fez uma cera em frente à livraria e entrou. Viu os títulos de alguns livros que gostaria de já ter lido, ou de ler. Pensou: vou acabar de ler os quatro começados e escolher um, com gosto, no vasto repertório dos livros que mereço ler.

Teve satisfação ao sair do cinema: atividade intelectual e, mais do que isso, atividade (por acaso) da sensibilidade, já que pôde soltar o pensamento, "viajar" na personalidade dos atores (irlandeses) e nos cenários, porque por sorte não entendeu quase nada do que eles falavam, e mesmo assim conseguia gostar do que via.

Durante todo o filme lembrou sua própria história, principalmente da época em que esteve internado (com o que, aliás, sonhava muito naqueles tempos).

DEZ/90

O
OVO

Ele e sua esposa foram ao cinema, agora para assistir pela terceira vez a *"O ovo da codorna"* (ou algo assim, pois para ele, todos aqueles filmes pareciam iguais). Enquanto ela estacionava o carro, avistou no começo da fila um casal de amigos, e ainda uma amiga antiga, que havia tempos não encontrava. Por entenderem que estivesse só, fizeram toda uma festa, como se o aguardassem, convidando-o a se colocar naquela parte da fila.

Para que a simulação ficasse ainda mais verossímil, ele se dirigiu à amiga solteira como se tivessem um caso (e talvez no passado ele a desejasse mesmo, só que ela, mais bela, manteve-o numa fila que só havia pouco começara a andar). Deu-lhe logo um beijo na boca (notando, com a língua, que ela usava aparelho fixo) e foi correspondido, recebendo dela o sorriso cúmplice de que tudo não passava de uma brincadeira.

Na hora de comprar os ingressos foi que se lembrou de dizer que estava com a esposa. Tudo se resolveria porque uma delas (a amiga ou a esposa) também compraria dois ingressos, contando-se com a aparição programada de outro conhecido.

""*O ovo da codorna*" é um filme moderno, desinibido e feito com maestria, pois é de certa forma sensível, ao abordar as questões de cunho lisérgico e social sem se despreocupar do ser e estar ecológico do qual todos temos total consciência externa. Enfim, como entretenimento, trata-se de uma crítica aos impulsos dos autoflageladores anti-imperialistas como hostis a si mesmos, até mesmo na hora do banho, vejam só! Por isso, o carnaval, através de sua mistura na massagem, é válido enquanto festa popular."

MAR/03

criação esporádica

(uma explicação
pra lá de erótica)

A datação bíblica mistura sonho e realidade. Muitos imaginam Deus como um senhor, mais pra velho e ainda solteiro (chegam a representá-lo de barba, mas isso é uma tolice). Velho, mas não a ponto de perder a virilidade. Foi enquanto dormia (em um aposento de muitas almofadas, possivelmente sobre um sofá – não precisou de TV, pois quando está acordado, tudo vê) que misturou seu sonho à aventura que presenciara na tarde anterior (pois tudo vê), em que Caim era preparado pelas escravas para conhecer sua princesa, ou rainha, sendo então servido sexualmente por elas. Deus se excitava em seu sonho, mantendo extremamente rijo o órgão sexual (e não venham os céticos dizer que somos fruto de uma reprodução celular assexuada) e trazendo por um gesto inconsciente a almofada que estava entre suas pernas para a região da virilha. Como se aquela almofada fosse a cabeça de uma mulher, ele começou a gozar e gozar muito, em vários jatos de esperma.

No dia seguinte, acordou de muito bom humor e estava na hora de se decidir pela configuração do planeta. Foi quando olhou aquelas imensas manchas na almofada e se inspirou para desenhar os limites aproximados de mar e continente.

JUN/10

um caso sinistro

Esta noite a ministra da Economia estará indo para a cama com o ministro da Justiça, e a partir da mistura de líquidos será preparada nova alma, que apesar de sagrada deverá ser sangrada.

O ministro deverá antes encerrar os seus despachos, e nesse momento pedimos que a ministra espere, aguarde atrás da porta, podendo fazer sua jaculatória por uma boa ejaculação.

A gravidez advinda deste primeiro encontro poderá ser boa e má, ou satisfatória, a essas alturas sequer se imagina que haverá um bode expiatório.

O ministro já se anunciou e torce agora a maçaneta da porta secreta, enquanto ela se alivia das roupas supérfluas, ficando apenas de camisola e, por mera formalidade, com uma camisinha à mão.

Tal como égua que sofre o coito e emprenha está a ministra. Da primeira visita ao ginecologista não podemos dizer que haverá milagre ou lágrima, muito menos um "largue-me". Ela aceitará o veredicto, mas o ministro vai querer ainda consultar o dentista.

Do ponto de vista ginecológico, é ele quem está ótimo, é lógico. Não haverá sequer uma alteração psicológica, ou respiratória, o que nos faz presumir que (atenhamo-nos a este ponto), "em terra de ladrões, olho viu, a mão adquiriu".

Não é necessário fazer a descrição de roupas e perfumes dos tempos seguintes, tudo estará devidamente providenciado por funcionários bem treinados.

JAN/92

princesa

A princesa podia ter ligado e falado na hora, porque agora não adianta: ele não vai conseguir ser duro com ela, expressar uma raiva que já não sente. Vai pedir que ela não ligue mais nesses horários de fim de festa. Ela faz bem em se divertir com amigos, mas, quando liga pra aquele que já jogou no lixo, é para cuspir mais um pouco: "eu me desencantei com você", "nunca mais vou querer nada" etc. (e ainda o confunde com outra pessoa). Se a intenção era deixa-lo sem sono, ela conseguiu, mas ele não vai vingar-se: nunca ligará para ela às quatro da manhã, sabendo que está dormindo.

Sente que é quase uma contradição: quer por um lado, quer que ela o procure sempre que tiver vontade, quanto mais, melhor (sabe que é sua única alegria); mas pensa, por outro, que se ela o fizer em horário normal (no começo da noite, por exemplo), dará pra conversar melhor, rir, esclarecer o que é preciso (mas sabe que ela não faz questão nenhuma de conversar com ele).

Para ele, o melhor dela é quando se diverte, e por isso ainda quer vê-la, sair com ela. Mas, ela guarda essa melhor parte para os amigos. Gostaria de tê-la por perto, e como isso não é possível, prefere que não ligue no meio da noite e o deixe dormir. A não ser, claro, se for para pedir que ele se levante e vá à casa dela.

Naquela noite ele não conseguiu falar mais nada. Pudera. Pensara nela o dia todo, torcendo por um telefonema. A frustração com o horário deste e a desfeita dela, foram perturbadores, e é claro que ele não dormiria mais. Ou sim. Horas depois ele pensa de novo: quando ela liga é sempre bom, porque a emoção, embora confusa, ajudará a mover-se e a fazer coisas do dia a dia. Tanto que já se recupera da noite mal dormida.

FEV/06

uma
separação

Amanhece. Das últimas preocupações dela, o namorado pouco amado, acorda e levanta só: seu coração de elefante está do tamanho de um trem. Ela lhe pediu que fosse vê-la, mas era só desculpa para afirmar sua falsidade. Com um jeito diferente de fazer pecado, ela o trai em pensamento.

A primeira coisa que espera de tudo é que lhe sejam favoráveis as oportunidades falsas. Espera. Não era aquela calça? Desfaz-se dela. Desfaz-se das lavagens, da camisa que era do primo; lembra do sapato? Só este. Por que brincar com o que não está ao alcance? Fabricar religiões? Negociar com os deuses? No entanto, há uma sensibilidade que permite chegar mais perto.

É dono do seu coração. O sono o aflige, está morrendo de sono; não basta deitar. Mesmo que ela o esteja rejeitando, não adianta cutucar as causas. Teria de se desfazer de tudo que o faz lembrar-se dela, se quisesse esquecê-la. Não tem relações com nenhuma outra mulher, mas guardar lembranças, pra quê?

Dar corda ao desespero. Achar que é útil se expressar com angústia. Procurar o psicólogo dez anos mais velho; achar que a experiência dele lhe poderá ser útil. É que no passado não teve romances fortes, aprendizado útil. Depositar expectativas de uma vida mais saudável. Ele e ela morando numa casa. Ser um bom homem ao lado de uma boa mulher, por um bom tempo... *Ela* espera dele um grande homem; ele só espera de si a bondade. Pra quê ser falsa, representar a bondade? Ela pode ser melhor, perder a ansiedade. Ele está tenso, precisa se trabalhar...

Momento de dar o tempo, parar, escrever e relaxar. Sentir o que é bom, e que, se existem correntes esotéricas, pode-se optar pelo lado saudável delas. Parar de fumar vai lhe dar saúde. Hesita em ser santo, mas, sabe que, sendo correto, é mais fácil atingir aquilo em que acredita.

Quer muito o amor dela, precisa disso. Não quer lamentar-se de nada, só ser mais forte do que o pessimismo, estar na sua, recebê-la de coração aberto.

Quer o sexo de volta, e que eles tenham descontração e graça. Quer que ela se sinta amada e isso os faça felizes. Quer sua ternura, que tenham muito carinho e amor, um pelo outro, deixando aflorarem lembranças. Quer que voltem a estar juntos por tempos e tempos, sentindo o gosto da mais linda história, do tempo em que há amor.

JUN/92

indiana
e o faquir

Saído de uma história grega, o hindu rodeia e ronda, sabendo que lá se vão três mil anos para que o grande pássaro grite e pouse em outras cabeças. Agora ele está nu, mas não sobre a cama; seus olhos já não são os de um leão dourado que se trancafia (dentro de uma jaula africana, ou de cultura ameríndia, por exemplo), mas capazes de ler bem o texto, atentos, como parte do aprendizado de uma aula de gramática.

Porque ele não teve a educação desse jeito, não é assim, sempre fez associações entre aquele e outros conhecimentos. Não foi só com a música emotiva que se deliciou, mas por essas e outras melancolias acabou se desvencilhando de vez da tristeza platônica. Então, "segure-se".

Lá está ele, sentado, sobre uma pedra parada do rio em que as outras rolam, quando se dá conta da unicidade de seu ser. Não é para fazer uma jangada, e, mesmo que o fosse, o destino já estaria sendo traçado pelo autoconhecimento, e então, "valha-me, céu azul", só ele mesmo poderá adivinhar os ventos que lhe são mais favoráveis.

Teve de trocar as cordas da cítara, "amor, não me repreenda", e saiu de casa guiando um bólido, carruagem que seu pai lhe dera. Não sabia que ia chegar a uma garagem tão confortável, e a brisa marinha dizia para ele, assim, sozinha: "o ar que te esquenta é o mesmo daquele vento, voa pássaro".

FEV/92

contatos
textuais

Ora, era sim inconfundível o momento que vivera naquela noite, apesar da leve intoxicação. Era o momento de espera. Diz Roland Barthes, trata-se de um tumulto de angústia, causado no decorrer de mínimos atrasos. Mas não foi bem isso: era uma espera até saudável, pelo dia em que se veriam. Vindos de quase duas semanas sem se comunicarem, eles haviam se falado à tarde.

Logo cedo voava um tuiuiú e ele já pensava nela, lá do meio do Pantanal. E mesmo quando olhava os jacarés, em um passeio que fizera no fim de tarde, não hesitava em centrar seu pensamento, porque era nela que orbitava seu ser, embora não concordasse com isso quando observava o mesmo ocorrendo em outras pessoas, especialmente os amigos.

Mesmo os amigos, ele agora via com outros olhos, com muito mais carinho, já que se libertara um pouco da responsabilidade exagerada que tinha por si mesmo. Era uma responsabilidade correta, que não deixaria de haver, mas talvez pudesse ser mais sincero e se esquivar menos de dar respostas duras.

A vida no campo era mais saudável e extrovertida, muito embora só na cidade ele pudesse concentrar-se na profissão. Por ora, nada impedia que se mudasse para outra fazenda, a fim de só ler, escrever, preparar as novas apostilas.

JAN/92

vicente
de antares

Seria um lugar espaçoso, cercado de verde por todos os lados, não fosse o primeiro incêndio, de origem misteriosa (mas provavelmente natural). Entre os habitantes das redondezas, acirrou-se uma disputa sobre qual teria mais cuidados com aquela área, que não era de ninguém. Por fim foram invadindo a região, construindo cercas, até virar mesmo uma vila.

Outrora era assim o lugar de rituais de limpeza, exemplo de terra preservada, recebendo muitos turistas. Entre os turistas acabaram vindo aqueles mais temíveis, só interessados em mostrar seus novos automóveis e testar a capacidade de domar a natureza, coisas assim. Nenhum lugar foi invadido tão rapidamente e poluído em tão pouco tempo.

Mesmo assim, restava o campo de futebol, os passeios a cavalo e as piscinas naturais. Era perto de uma cidade, *Estrela de Antares*, tornando-se um passeio relativamente barato para quem precisasse fazer retiro longe do centro. Foi esse o caso de um tal Vicente, que acabou ficando lá por mais de cinco anos. Ele logo estabeleceu seu comércio de peixes, instalou-se numa pensão que depois acabou comprando, e pôde enfim desligar-se dos vínculos com Antares.

JUN/92

cleito

Cleito nasceu numa casa fria, à beira do Rio Preto. Mais tarde seus pais se mudaram para a Praia das Pombas e lá ele cresceu, levando vida boa e tendo uma infância saudável. Até os cinco anos o que mais gostava era de andar na praia, mas aos seis quis conhecer os barcos e logo teve autorização para guiar um deles, na pescaria. Com o dinheiro que juntava vendendo os peixes, pôde adquirir a velha canoa de uns três metros de comprimento, começando a viver sua fase de muitas aventuras.
Já completava dezessete anos quando se viu em uma primeira situação delicada, quase de desafio, ou verdadeira provação: na festa promovida pelos amigos evangélicos, em uma fazenda ali perto, quis dar o exemplo e não tomou do vinho. Todos tomaram o exemplo (não do vinho). Vendo que alguns já se deitavam, ele perguntou a Raquel:

— Onde devo dormir?

— Comigo.

Ela era virgem, apesar dos dezenove anos. Naquela noite eles se amaram, não sem antes trocarem algumas tantas palavras de carinho...

JAN/92

sabiá

O sabiá estava em um viveiro improvisado, enquanto o dono da casa pensava no que fazer. Talvez alguém pudesse levá-lo ao veterinário. Ou ele mesmo fosse.
Agora o sabiá do viveiro já lhe parece bom, podendo ser solto. Ali pelo bairro voam pardais e andorinhas, mas o pássaro de canto mais bonito é o sabiá. Eles fazem um canto igual àqueles do sul da Bahia, o que de fato nos surpreende. Ele pega agora o violão para tirar as notas: dó sol si sol – ré si sol – ré lá sol. Acorde maior alegre: são eles muito musicais.
O sabiá que estava preso agora vai se safar. Voará alegre (por estar livre) por aí. Ele tenta soltá-lo no pé de amora, mas o pássaro prefere fazer um voo largo, na direção da rua. Antes soltou seus gritos de filhote, e ele acha que por isso o outro sabiá (supõe que fêmea, a mãe) canta agora outro tipo de canto, num dos galhos do pé de amora carregado, logo ali do lado da janela.

SET/06

taturanas

A expressão "cortar as asas" só faz sentido quando a vítima é uma ave. O resto são invenções metafóricas, seja na referência aos humanos ou a anjos, que em si já são simples alegoria.
Cortam-se os galhos de uma árvore, e ali à sua frente uma amoreira ficou triste em plena época de frutos, por causa da vizinha que tem medo de taturanas.

SET/06

cobras

Cobras venenosas: metáfora de mulheres que menosprezam e diminuem seus maridos, repetindo o tempo todo que eles não são exatamente o que elas procuram. Mantêm-nos tentados todo o tempo, porque lançam um charme (cheiro) certeiro em seus corações...
As cobras venenosas passeiam pela cidade, ferindo os corações de homens apaixonados. Não é só ele (dá graças a Deus!) a vítima de suas presas. Quisera que o objetivo daquela víbora específica fosse só seduzi-lo, mas quando as cobras estão assim, gostam de fazer novas vítimas. Vão medindo os ferimentos e cicatrizes de cada uma delas, para a eventual escolha genética no futuro (já que o tempo está sempre passando e elas precisam procriar, por copulação e ovulação).

Pelo menos não são como as viúvas-negras, que matam sem piedade aqueles que tiveram o privilégio de copular com elas, servindo-os, em seguida, de alimento aos filhotes. Ele sabe que talvez seja essa a intenção inconsciente da mulher que ainda o tem. Não pode afirmar se é verdadeira a percepção (com base no cinzeiro que ela sempre faz questão de colocar no colo dele) da vontade de que ele também se afunde no vício. O que há, e muitos notaram, é que ela sempre está tentada a ter para ela, só para ela, qualquer dinheiro que ele ganhe – para que assim possa gastar desenfreadamente, nem sabe exatamente no quê (mas vê-se que pretende fazer gastos altos, sempre). Apesar das evidências de que há mais que um fundo de verdade, parece feio, para ele, pensar assim.

Com os olhos atentos aos venenos das cobras, ele não deixa de reconhecer o quanto ela o ajuda, ainda mais neste momento delicado de sua mudança de endereço. É porque, sem ela, seria muito mais difícil contatar o caminhão de mudanças para dar o primeiro passo. Agora vislumbra que tudo chegará a um termo satisfatório...

OUT/06

lady neide

(em meio à pequena revolução no seio familiar)

Firme e forte, Lady Neide servia a mesa naquela casa de família, que era rica, porém dividida nas idiossincrasias. Rita, a filha do meio, acreditava ainda no comunismo, embora fossem passados mais de vinte anos da queda do muro de Berlim. Por causa de sua crença, incentivava seus empregados particulares a se comportarem de forma rebelde na época em que todos se hospedavam, a cada final de ano, na casa da grande matriarca. Imaginava que discretamente eles insuflariam revolta nos outros (mas estes já sabiam disso e não se afetavam: todo ano era a mesma ladainha).

Os empregados particulares de Rita aprenderam com ela que era possível um mundo mais justo, em que todos tivessem os mesmos direitos. Por isso, iam aos poucos se apropriando do uso de certas coisas da patroa-mor, a passos lentos, discretamente, sem desafiarem frontalmente a matriarca (faziam essas coisas mais para impressionar os outros e mostrar sua força, principalmente para os irmãos da filha comunista, que eram mais afinados com a matriarca e queriam se passar por tão justos quanto a patroa deles – única a incentivar tais atitudes, e a quem eles se sentiam importantes por dar apoio, dizendo-se mesmo "massa de manobra").

Para os outros irmãos, Rita se esqueceu de dizer aos seus empregados que o direito igual prometido pelos comunistas (de que eles só ouviam falar, como remanescentes ainda na ativa, os tais guerrilheiros da selva amazônica, que se associaram ao narcotráfico) era o direito a não ter nada, nem mesmo direitos.

JAN/10

égua noru e vaca eslô

"Não há nada que não exista", ela dizia, não pensando em fantasmas, bruxos e discos voadores, mas na possibilidade de que algo (uma matéria qualquer) fosse mesmo inexistente. De tão compenetrada, era difícil para ela, no meio da discussão, abrir um sorriso e amenizar as coisas. Parecia satisfeita consigo mesma, com sua *performance* de desafio à ordem alheia.

No dia seguinte ainda queria lembrar-se de tudo que havia dito, dos gestos que fizera, como se tivesse participado de uma importante partida de futebol, contra um time adversário composto só de vilões. Mas vinha o momento de esfriar a cabeça de suas ideias, de se lembrar do amante, com quem já não podia contar mais para nada. Silenciou então, mais uma vez, de todos os seus êxitos, ao longo do resto do dia.

Recordou os últimos encontros que teve com ele, quando tudo se encaminhava para uma aproximação maior, talvez de um sólido e verdadeiro enlace… Mas já não era a primeira vez (e sim quarta, talvez quinta) que isso se dava.

Veio-lhe à memória o seu melhor amigo, que, em meio a tantos outros delírios, havia lhe dito, de rosto colado (como se fosse um mago, médium, ou até profeta), que era para ela se tratar, engravidar e fazer família, já que o mundo estava caótico e era importante pessoas saudáveis – como ela – gerarem descendentes também saudáveis, e até mais, povoando com mais qualidade este planeta desajustado.

FEV/10

mamãe ficou 1

A mãe de um amigo, de tanto perder a memória, acabou parando no tempo. Todas as coisas continuaram se passando e ela não.

mamãe ficou 2

A mãe de outro amigo, tentando entender os filhos, quis tomar uma droga pesada (ácido) e não mais voltou.

mamãe ficou 3

Essa é melhor. Já em idade avantajada, a mãe de um conhecido se apaixonou por um homem bem mais jovem e pôde um dia "ficar" com ele.

devia saber

Ângelo bem que gostaria de ter conhecido há mais tempo uma mulher como aquela, que passaria a amar tudo que ele fizesse. Nunca se dera conta do que um beijo era capaz: daquilo que parecia estar acontecendo não apenas dentro dele. Já não podia ver, mas, quando venceu o medo e declarou amor a ela, ela disse que também o amava. Pediu que ficassem juntos naquela noite e ela aceitou o convite, reafirmando que o amava:
– Lembra aquela música? Quer dançar comigo?

JUL/07

exemplo de amor

Algumas músicas já disseram das paixões que surgem de dentro
como uma chuva leve que aos poucos vai umedecendo o pasto verde
da fazenda em que se planta e colhe, vê brotar-se e come.
Antes de abraçar, ela cheirou bem o príncipe, sabendo ter ele maneira igual a de certos batráquios que, embora amem seus lagos e habitem aqueles grandes reservatórios de água, não enxáguam corretamente as patas traseiras, porque não têm esse tipo de vontade.
A noiva vinha toda alva e constipada, quando ele, já tomado
de pelotas vermelhas pelo corpo, a beijou.
Ainda quando menina, antes de se tornar tuberculosa, ela se esparramava na cama a sonhar, mantendo uma das mãos sobre o peito, tal qual um tubérculo que ao lhe brotarem folhas se espalha pelo jardim.

out/08

o teatro é ela

Ele conheceu seu amor no teatro. Não fora o teatro, não a teria conhecido. Mas depois ele quis que ela abandonasse o teatro: "O teatro ou eu!". Ela ficou com o teatro.

Então ele se enamorou de outra, cheia de hábitos: "Os hábitos ou eu!". Esta ficou com ele. Mas depois ele foi ao teatro, reconheceu a que era seu verdadeiro amor e ficou com ela.

Com amor ele escreveu um livro, sobre o teatro. Com o teatro, ela encenou um espetáculo, sobre o amor.

ABR/92

ênio wayne

Para ouvi-la melhor, resolveu instalar no banheiro um aparelho e áudio, de modo que a cada canto espontâneo pudesse ser gravada sua melhor voz. Mas descobriu que o mais prático era instalar logo uma câmera de vídeo, e assim que ela tomasse o primeiro banho, durante algum tempo, ele já testaria a gravação.
Acontece que nua ela ficava mais linda a cada dia e ele não teria coragem de mostrar esse produto a nenhum outro diretor musical. Além disso, ele a amava muito, e quem não a amaria? Ele nem sabia se era capaz de não ficar ali, grudado na porta, enquanto ela se banhava...

ABR/92

paula
e marcos

Paula era pessoa atraente, dotada de uma autenticidade que a diferenciava de outras mulheres. Foi através de um amigo, na época namorado dela, que Marcos a conheceu. Ela era muito quieta, mas quando falava, mostrava estar atenta ao que se passava e, independente do tom da conversa, era sempre oportuna e coerente. Mas isso são detalhes que já não importam muito, o que ele mais quer agora é observar-lhe a beleza física, notando a atração que ela exerce na maioria dos homens.

    Paula um dia o levou à praia, triste da situação dele de amante desesperado. Ao mesmo tempo em que já se conheciam bem, era preciso encontrar o namorado dela e aquela bruxa, por quem ele era apaixonado.

Marcos não é um rapaz grande nem belo. Fogem-lhe muitas de suas ideias, mas porque ela, Paula, andava triste e solitária, talvez lhe fizesse bem receber uma carta. Fez isso, mas preferiu não escrever sobre as novidades: era melhor não contá-las.

JAN/92

maria sofia

For All. Precisa limpar o forro. Passar
a ferro, comprar um som. E depois
gravar uma música boa.

São desnecessárias as atitudes que vem tomando. Sente como se se esforçasse para trazer água de um poço e o lugar em que a despeja fosse o oceano. E que cada personagem faz isso uma vez. Cada vez que quebra a cara, que é rejeitada em um trabalho para o qual se empenhou e despendeu energia, ela acende uma vela durante o dia, ou tenta regar o próprio lago.

        Nessa cidade super-populosa, nesse país de incertezas e safadezas, pouco se faz de útil. Então ela tem a oportunidade única de se dedicar a um trabalho original. Não adianta concorrer diretamente com quem necessita de um emprego fixo. O que ela tem é invejável: desemprego e remuneração.

FEV/92

entre letras
e números
na cabeça

Maria Sofia também aposta que pelo conhecimento de arquitetura se amplia a visão de mundo e a cidadania...
Mas percebe que desde a matéria abrupta da estrutura aparente em concreto até o ornamento de desenho mais sofisticado, nada se compara à profundidade de uma palavra. Sabe que desde que nasceu, tem colocado em seu pensamento as informações de som e imagem que só se mostram de fato organizadas quando traduzidas em texto...

JUN/07

estudo disso tudo...

Com o raciocínio do tipo "a ficção imita a realidade", o pretenso escritor (que não ia em frente, sentindo-se imobilizado a cada tentativa de conceber o meio em que se desenvolveria sua história) teve finalmente um estalo e constatou:

"Ora, assim fizeram Guimarães Rosa em *Sagarana*, Garcia Marques em *Relato de um náufrago*; é a melhor fórmula para começar".

Na verdade, a ideia surgira no momento em que viu de dentro do ônibus um casal de negros bonitos e felizes, parecendo ter uma longa história, cujo meio era nada mais nada menos do que o que ele sempre buscara: a sociedade brasileira. Aos poucos, foi imaginando como poderia abordá-los.

"Sou um escritor sem ideias, mas com tempo para escrever, aparelhado, vocês podem conhecer minha casa. Vocês me parecem merecedores de uma biografia romanceada, fornecendo-me por seu lado a matéria-prima de um livro de sucesso".

Não havia mais tempo para descer do ônibus, então o escritor continuou pensando.

"De onde Guimarães tira suas ideias? Ele tem ouvidos apurados para as conversas dos transeuntes nos bares sertanejos, conhecimento sociológico e científico para dar-lhes organização e singularidade... É por aí. Garcia não desperdiçou a oportunidade de apoiar-se em rara matéria, como seriam a do garoto que ficou três dias no mar, a do sobrevivente nas selvas etc. Mas se o que busco é um romance psicológico, a ver com o cotidiano das pessoas, nada melhor do que me apoiar em um casal feliz de classe média ascendente".

Mas também não foi dessa vez.

JUN/92

alfredo

Alfredo vê na banca de revista a fotografia de uma atriz pelada: beleza bruta para iniciar bem o dia. Ela é Helena, uma pessoa feliz, talvez menos que uma cidadã comum, mas pode-se admirá-la e dizer: é "do bem" (coisas assim, tão relativas, que só alguns entendem...).
Já a pessoa que guia o carro se aproximando pela direita para furar a fila, dá para adivinhar, é um sujeito esquisito. Os infelizes são feios, inconformados com a felicidade alheia e por isso brincam de ser maus. E assim ficam sempre infelizes... Mas, o que tem Alfredo a ver com isso? Ele acredita nessa teoria? A lógica arrasa: não há lógica para visões de mundo alheias à própria. Há identidade até certo ponto, o de o outro pertencer ao mesmo Universo.
Alfredo pensa:

"Raiz ou o correspondente etimológico de '*love*' é provavelmente louvar. Mas '*love*' é amar, havendo um sentido bem definido para o verbo a todos os falantes da língua inglesa. Não é possível que uns ainda não percebam que a substância dada a uma palavra é produto do uso, da boa *comunicação* humana. Por isso nos confundimos tanto quando estamos presos a vernáculos lusitanos, do tipo 'simulacro de invólucro', enquanto a língua popular é muito mais sonora e precisa.

"A lógica de um é diferente da do outro. Ela é *construída* pela história humana do indivíduo. Não é à toa que alguns veem divertimento no sofrimento alheio, riem dos animais, dos programas de auditório, porque é nisso que estão aprisionados. Estão aprisionados? Pior é pensar assim..."

JUN/92

ênio wayne 2 – o platonismo

Como personagem de ficção, ele poderia dizer que nem sempre o mundo nos permite propagar o amor. Há também necessidade de mostrar bravura, tempo incessante de traçar estratégias. O que aprendeu disso ainda é insuficiente e em geral se deixa levar pelo sentimento, como se fossem da sua família o sol, o mar e animais de várias espécies.

> Imagina que há uma linha comum entre todos os seres, matérias, metafísicas e daí a palavra Deus. Quando se vê a partir de uma aura evoluída, tudo parece ter solução: tudo parece um estágio para se atingir a plenitude.

Não é simples estratégia concordar com ideias alheias. Pensa que é possível abrangê-las num universo de verdade plena, podendo então se despir das mágoas: que se há malícia é pelo desfrutar das delícias do corpo, mas existe, sobretudo, amor, que se desvenda também pela contemplação (como diria agora outra personagem de ficção, criada por ele).

Conclui que há os que procuram êxtase nos estados emocionais, sem conseguir manter a racionalidade necessária para o amadurecimento. Lembra o exemplo até de alguns escritores conceituados, que ainda fogem da linguagem mais simples e comunicativa, explorando o deslumbre frente ao amor... Ora, porque a fantasia é necessária, assim como o lazer, o banho de água fria, o sonho de ser grande e conhecido por todos.

> "Por que seria Platão uma imensa árvore que ninguém consegue esquecer? Passam-se mais de dois mil anos e, de memória em memória, ele é citado, em seus galhos altos que se curvam para o desfolhar de pensamentos, enquanto outros estão desapercebidos, passando a constituir células do mesmo tronco, do ponto em que a raiz e a copa se distanciam em direção oposta, passado e futuro, como uma moeda precisando ter dois lados".

Pondera que desde o ponto do espaço-tempo em que se criou o cosmos – e se há tempo há também uma origem material dele – o que é ser exige um não ser; existe um fluxo de dois polos, para o deslocar no qual vivemos, por outras instâncias; e da combinação delas a química se desenvolve, mas antes é necessário o conhecimento organizado.

JUL/92

ênio wayne 3
– o sonho

Pessoalíssimo, o sonho trazia temas coletivos. Como dizer? O cunhado com quem sentira alguma afinidade aparecia, não lembra bem como, e também uma cunhada. Na sala de aula era talvez o aluno esquisito, mas que, quando a professora fez a pergunta, soube responder como mestre, ganhando a simpatia dela: tinha o melhor conhecimento organizado. Mas estava com uma espécie de cueca que deixava mostrar o saco, e ainda tentava disfarçar sua vergonha com a roupa de cima. Não importou muito, pois ficou mais reconhecido pela qualidade: a ordem das palavras, que ele sabia.

Depois peregrinava pela cidade, com filhos, como quando esteve em um carro grande (em outro sonho), indo de uma cidade litorânea, que parecia uma ilha, a outra. Tudo bem e era uma viagem gostosa, com a namorada. Depois de chegarem à cidade grande, pareceu passar-se uma semana e já não se reconheciam como de lá. Esta, a realidade, com seus seis motivos, devia ser encarada de forma mais segura. Ele se magoou ao ver que o que temia era movido não só pelo próprio medo, mas também pelo clima de guerra, invasões a domicílio... Havia muitos que disputavam a beleza dela, com interesses vulgares.

O amor prometido, cumprido, esperado por trás da cortina turbulenta do mundo social, no que se apostaria? Espetadas no tipo de beijo que se dá a qualquer um, para se mostrar despojada de sentimentos, enquanto aquele que espera dela coisas que nem existem, que deposita esperanças de amor marcante e pleno, vê saírem-se pela janela algumas das riquezas emocionais que tanto cultiva...

Pensa: "espetáculos de beijos", "duras confissões", "ciúmes desajeitados", qual das expressões faz uso de adjunto adnominal?

JUN/92

nada
lok

No Brasil, os estudantes são tomados de surpresa por certas exigências acadêmicas, e são ainda mais exigidos quando começam a trabalhar. Se aqui os estudantes sofrem, dizem que ainda é pior nos Estados Unidos.

É bastante comum no Brasil (e possivelmente em várias partes do mundo) parar-se em uma lanchonete ou café para fazer com que o tempo passe. Às vezes está-se à espera de outro, de uma pessoa em particular, e nesses lugares sempre toca uma música. Ela é triste na letra e alegre no ritmo, coisa típica do Brasil, porque herdamos uma língua melancólica e saudosista, enquanto o ritmo vem das festas de roda, um pouco africano, um pouco índio e boêmio. A música de roda teve origem na senzala, e a linguagem culta era ditada pela casa-grande, vinculada à cultura portuguesa, mais uma vez, triste e sofredora.

O Brasil é um país em formação, e a psiquiatria, totalmente experimentalista. Há casos de pessoas que só deixaram de ser internadas depois de abandonarem o psiquiatra. Mas não é bem assim. No caso específico dessa pessoa que está aí tomando o seu café e ouvindo música, pensando nas especificidades da língua e do país, foi feito um tratamento com lítio e ela passou a render mais nos estudos. Quando abandonou o tratamento, percebeu queda em seu rendimento (e melhoria na qualidade dos encontros noturnos, por outro lado), mas não tinha mais paciência de se deslocar e prestar esclarecimentos a médicos ou psicólogos.

JUN/92

luzia

Remédios psiquiátricos fariam diferença pela manhã. Ela poderia não ligar para o dia, sentindo que era melhor dormir e pronto. Mas essa "liga" que se deu na ausência do remédio foi de fato neurotizante, e ainda piorada com o vício do cigarro. Sabe que se sobrevive a ela, como, aliás, ela já fez durante muitos anos (desde que esteve namorando ou casada com Luiz). O normal era que se sucedesse a uma noite mal dormida outra que fosse boa, causando assim a sensação de um bem-estar que traria prazer e encorajamento ("ora, pois...", como diriam os lusos).

Alguns minutos de sono a mais vão tirar essa neurose, mas que também poderia ser curada (e já o foi, em várias ocasiões de sua vida) com trabalho, estudo e convívio social.

O café da manhã ela tomou por volta das sete, ao lado de pessoas também sonolentas, deixando aos poucos despertar afetos, a consciência, a vida (como era nos tempos em que só estudava). Relações neuróticas, como a que tinha com Luiz, complicavam muito, porque muitas vezes ela fazia questão de detonar na noite seguinte à tal noite mal dormida, por puro "encrenquismo".

JAN/07

soldadas romanas

As soldadas romanas têm bom gosto quando se despem da prudência. Avançam em grupo a um único homem que se diverte em prazer. Elas são mais ousadas do que parecem. A primeira tenta e vai desencorajando as outras a se recatarem. A segunda é a que mais se expõe, e depois dela nenhuma fará diferença.

    As soldadas romanas nadam em lagos profundos, montam às costas de botos, flutuam nas espumas. Extraem de plantas a doce sensualidade da natureza, sensualidade que só têm as fêmeas no cio, com machos à vontade, em subidas pelas pedras do rio. Estão exatamente nuas nesta subida, e então, por repressão ou casuísmo, a nudez se torna erótica e nada mais natural do que fazer amor em plena selva...

Enquanto as soldadas romanas se divertem, alguém muito especial passeia de bicicleta pelo parque da cidade, vê as águas nas piscinas de mil braçadas, lê o que lhe é de proveito. Seu nome é Nícol.

ABR/93

as projeções de nícol

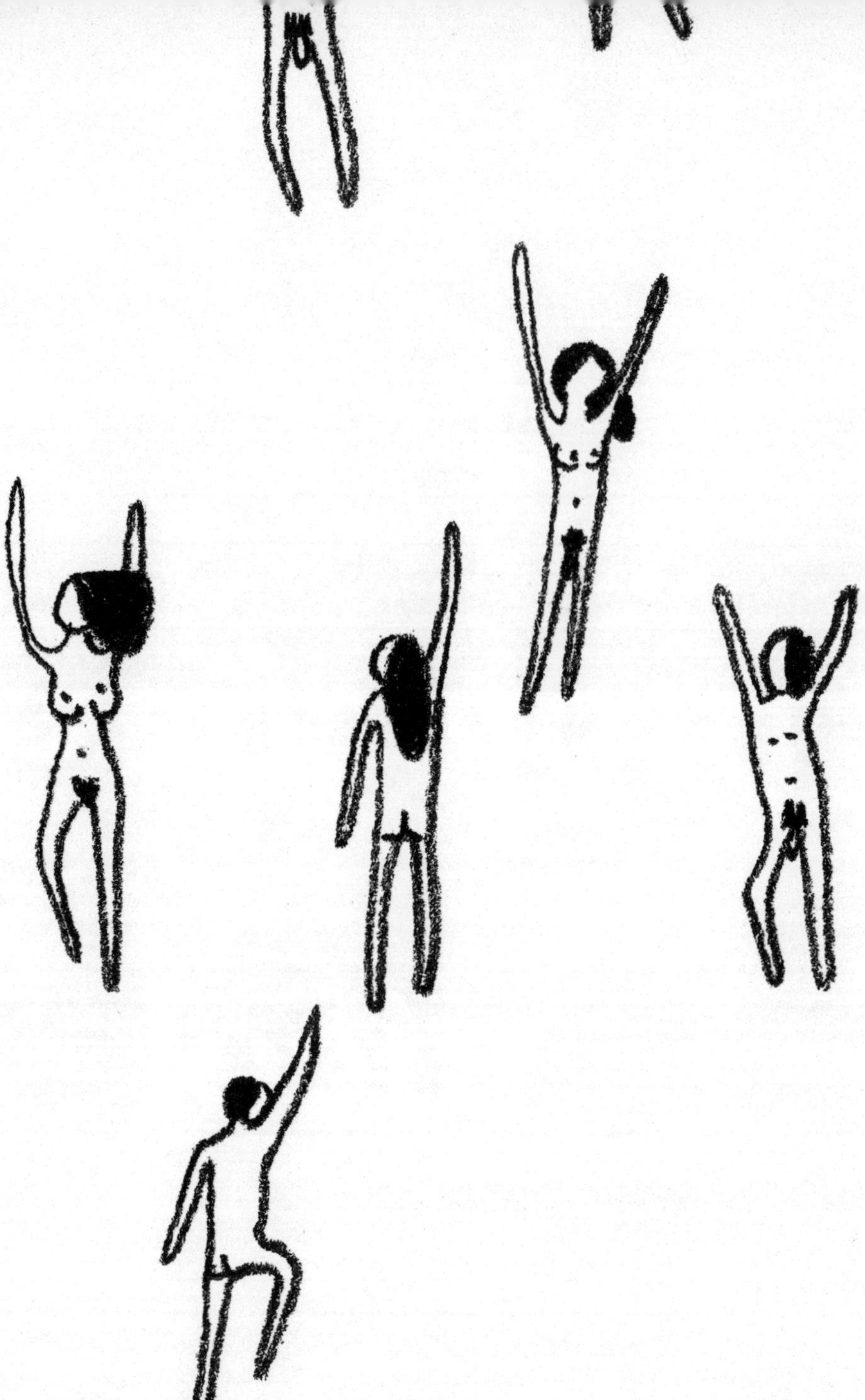

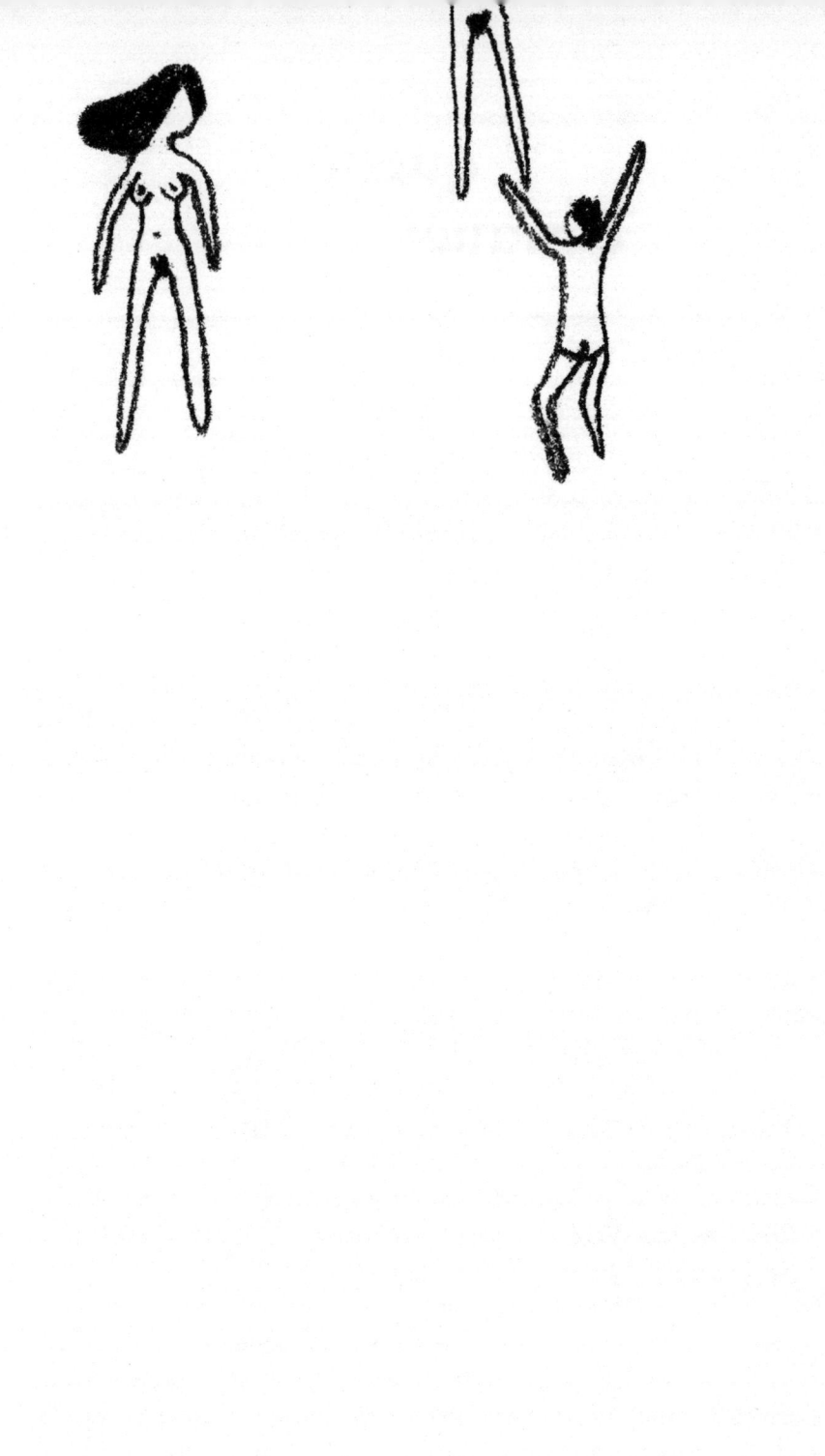

quem é níquel

No sertão de Minas, o tempo parece outro. Quando há informações, elas são trocadas pausadamente, podendo-se notar que a fala ainda guarda semelhança com a entonação de antigas canções populares, dessas que se ouvem em festas regadas a música de viola e narrativas de "causos" (e só os grandes estudiosos da região são capazes de reproduzi-los). Entre essas cantigas há aquelas mais belas, que conservam ainda a raiz trovadoresca do tempo em que os primeiros colonizadores trouxeram para cá suas tradições, diretamente da Idade Média portuguesa.
Como nas cidades, nesses lugares escondidos também há festas e elas vão até mais tarde. Enquanto os últimos foliões estão bêbados, aquecendo-se e assando o milho à volta da fogueira, no curral ali perto um menino já caminha, reparando no "concerto" do que ainda resta de natureza (ela está em pleno processo de domesticação): a palavra "acorde" tem a ver com esse horário, e também com o fundo musical dos sonhos.

O menino presta atenção nos sons porque não dá mesmo para enxergar quase nada além de sombras, algumas paradas e outras em movimento. Aquilo do lado do curral dá pra ver que é uma árvore, grunhindo e mexendo seus galhos, talvez por causa do frio e preguiça de acordar. Embaixo dela uma galinha se espreguiça, arrepiada, começando a andar de lá para cá... Na verdade, são três galinhas que pularam da árvore, só que essa acordou nervosa, quase caindo em cima de outra.

O menino abre a porteira e tange as vacas pra dentro do curral. Elas entram devagar, como é devagar o amanhecer. O único a andar depressa é o menino, incomodado com o frio. As vacas mugem, os bezerros chamam pela mãe e o menino os vai tocando. De repente, ouve-se o grito de impacto que corta a madrugada com impaciência. E pelo cocoricó se notam os ares de importância do galo, preocupado que está em acordar o dia e deixar mantida a ordem cósmica.
Quando se olha a bruminha rala na grama em volta do curral (parecendo o bafo da terra respirando), vem a curiosa sensação de que há algo a menos: era o som penetrante dos grilos e algumas cigarras. Também havia o ruído dos sapos na lagoa que, um a um, foram parando, desmontando o grande acorde sinfônico da noite. Logo já dá pra ver o morro ali no fundo, coberto ainda de uma névoa fina. Em cima daquele toco havia um pássaro bonito, de peito vermelho, que agora já voou.

São Paulo é uma cidade grande e situada já no planalto, a menos de cem quilômetros do oceano Atlântico, na latitude exata do Trópico de Capricórnio. Nela se desenrolam histórias das mais dinâmicas, pois tem a fama de ser a capital do trabalho, a cidade mais produtiva desse país chamado Brasil. Como consequência de sua enorme população, as pessoas mal se veem e é raro encontrar alguém conhecido nas ruas. Mas como o ser humano é dotado de aura, pode-se perfeitamente fazer contato com estranhos, escolhendo-se entre eles os de comunicação mais adequada.

Alguns possuem carros, o que faz enorme diferença na facilidade de transporte em relação àqueles que não os possuem. O tráfego é selvagem, mas até que há organização e certas benevolências, se compararmos ao que ocorre no resto do país. Para se estacionar nas ruas, inventou-se um tipo de imposto chamado Zona Azul. A pessoa paga cerca de um dólar pelo direito de estacionar durante uma hora. Há certa tolerância por parte das funcionárias encarregadas de verificar se há cartão nos carros, em consequência dos múltiplos casos em que se estaciona. Na verdade, há muitos lugares em que é impossível estacionar. Felizmente, depois de muitos anos de atraso, já existem algumas linhas de trem e metrô, compondo uma malha de transporte coletivo de melhor qualidade.

Beirando as margens do Pinheiros e do Tietê, rios que fazem parte desta cidade, foram construídas as rodovias que circundam grande número de bairros. Apesar das muitas obras, em épocas de chuva há alagamentos terríveis. Como dizia o amigo de Nícol, é para isso que algumas placas possuem R móvel no meio da primeira palavra, podendo sinalizar o Lago do Arouche, o Lago da Batata, Lago de Osasco etc.

Os habitantes da metrópole, já de proveniências tão distintas, mesmo quando se conhecem por vínculos de trabalho ou formação, na hora de voltar para casa chegarão a regiões distantes e diferentes entre si, visto que muitos são os bairros. Mesmo dentro deles há ainda diversidade entre as ruas, em que se dividem de modo também desigual as riquezas. Com tantos sinais de antagonismo, espera-se ao menos que as discussões travadas em cada mesa de jantar proporcionem informações novas e haja oportunidade à inclusão de diversificados temas (não apenas o da crítica social), correspondendo-se assim à dinâmica da grande cidade.

Fruto do meio, o homem cresce e aprende. Algo que não pode estar na grande cidade é a calma das condições ambientais, a suave brisa do fim de tarde que faz, no campo, as pessoas lembrarem de si mesmas. Porque só no meio rural as pessoas são mais íntegras. É simples o raciocínio: lá as pessoas são em menor número e se conhecem melhor. Mesmo quando uma faz questão de apresentar sua máscara, o uso desse utensílio é sabido de todos. Na grande cidade, a pessoa pode não ser reconhecida pela simples artimanha de frequentar locais na razão inversa de sua unicidade. Digo, é por isso que se cunham palavras como "pedaço" e "área", para aqueles que fazem da geografia uma socioeconomia maior impossível. São os defensores do bairro, suas sub-regiões, seu boteco, uma política que só o jogo do bicho monta, dando nomes aos transeuntes, armando coincidências de rumos, tão bem conhece a psicologia e o comportamentalismo do cidadão, de cada um... De cada um?

Um é Nícol, o imprevisível. Já caiu em tantas ciladas, mas foi até o fim das armadilhas, saindo delas sem desmontar a rede, tanto que foi aceito como "o imprevisível", sem ameaçar o sistema, mas recebendo deste um apelido que lhe atava as mãos: puseram-se muitas cordas em seu pescoço, mas mesmo assim Nícol se safou. É que nos jogos de empurra-empurra, de um contra o outro, sempre derrotou os considerados poderosos pelo jogo do bicho, sem ser ninguém, sem fazer nada, cresceu dentro de uma originalidade incrível.

Nícol veio para a cidade com cerca de três anos e meio e, ainda menino, era invejado pelas outras crianças e por alguns pais ciumentos de seus filhos. Lá está ele, Nícol, largado na cadeira, envolto em pensamentos. Não, não vamos desmanchar suas ideias... É necessário que nos aproximemos lenta e cuidadosamente, para que não perceba e esvazie-se do devaneio. Ele fuma um cigarro, em cuja fumaça se desenha uma partitura (sabe um pouco de música, mas não exerce a profissão). Parece estar contemplando a própria história que cria, mas agora se levanta, parece que vai explicar à garçonete o que deseja. É com calma e gentileza que ele se dirige a ela, sabendo o quanto é mera representação (para justificar socialmente seu deslocamento) o fato de estar lá. Olha só, ele está matando tempo: é uma pessoa ociosa e quer apenas juntar grãos de uma história que pretende escrever.

Níquel é apenas um rapaz calmo, que em muitos casos chega a ser ousado. No emprego, responde apenas por tarefas simples, mas dá orientações das mais responsáveis. Eis sua casa. Da varanda se vê o movimento da grande cidade, mas dentro, ah..., que paz, que maravilha! E eis, agora, os seus amigos. As conversas estão se dando por temas suficientemente teóricos para que não haja discórdia. Nícol fala de coisas do escritório que não dizem respeito aos outros: é apenas uma fórmula de se fazer melhor conhecido deles.

 Suas verdadeiras amizades são poucas. Destaca-se Bruna, que nessa época já era menos assediada, mas nos tempos de colégio era a preferida de toda a turma da escola. Ela se diz séria e objetiva, mas, de tão preocupada em tornar útil seu tempo, jamais joga conversa fora (o que para Nícol é como dizer "não" ao lado mais descontraído da vida, proporcionado pela amizade). Advogada, trinta e três anos, Bruna mora com a mãe, que não trabalha. Tem escritório particularíssimo, de três funcionários. Nada nacionalista, ela idealiza o primeiro mundo.

Outro é Fernando, o engenheiro cafajeste, que volta e meia se alcooliza. É proprietário de muitas coisas caras, e machista. Diz-se poeta, mas não domina a língua. Trinta e dois anos, já teve várias namoradas. Os outros, para resumir, são Paulo, o músico, que faz muito marketing de si mesmo, e Isabela, a arquiteta, trabalhadora, idealista, socialista.

Nícol detesta ser enganado. Naquela tarde, a maior vontade que ele tinha era de se vingar de uns caras que se aproveitaram da generosidade dele. Para tanto, armou uma cilada: quando eles viessem, fingiria que estava fazendo tudo conforme o combinado; teria a quantia de dinheiro que eles queriam roubar, mas o dinheiro passaria a outro ladrão, num passe de mágica. Seria mais ou menos assim: tiraria leite de pedra, daria nó em pingo d'água, mas o dinheiro voltaria para ele. E nem foi preciso. Os caras não vieram, porque foram todos presos antes.

Seria de bom tamanho um emprego público; na CMTC, no correio, Nícol se sentiria mais bem integrado à velha cidade. Faria uma sessão de ginástica antes de sair de casa, almoçaria no bandejão, não faria mal a ninguém. Apenas estaria vivendo de incentivos à geração de empregos. Viu no jornal que a proposta de um dos candidatos a presidente era preocupar-se primeiro com todos os gastos necessários (ideais) e depois com a receita; ou seja, se o gasto fosse maior do que a receita, o governo imprimiria mais dinheiro, a inflação galoparia, voltaria tudo à estaca zero.

Nícol voltou para casa e também achou de bom tamanho pensar um pouco mais no que iria fazer. Havia graça nos seus trabalhos artísticos, a música, alguns poemas, desenhos, mas nunca se preocupou em vendê-los a preço razoável. É que a sociedade atravessava um momento de recessão na economia, e o primeiro setor a sofrer as consequências seria certamente o de supérfluos, entre eles a arte. A história mostra que as civilizações mais desenvolvidas foram sempre aquelas mais democráticas, que deram oportunidade e estímulo para o desabrochar da arte, e que principalmente investiram na educação, mas este é um pensamento liberal: a economia só se fortalece com liberdade e livre concorrência; depois de fortalecida a economia é que há tempo e campo para tudo.

gente hipócrita

Níquel teve um sonho em que ia se candidatar:
– Vote Níquel, ele sabe o que faz, até que é bom de bola, sabe falar e não vai à igreja, mandou carta que vai sair em breve no jornal, desconfia de qualquer lenda, do que ouve e do que houve, é trouxa, mas nem tanto, mergulha de cabeça, gosta de jazz, adora o país, anda de bicicleta, faz a paz, trocou de carro e de boné, deixou o cavalo na chuva, adora o país em paz, não quer mais chatear, parou de apostar, só aposta que vai perder, foi ao cinema ontem etc.

Era aniversário dele e os amigos chegaram de surpresa:
– Nícol está com a gente, Nícol é farra, tudo é garra, urra, um, dois, três! Onde estava mesmo? Aqui, escondido na escrivaninha, o boneco Nícol voltando às paradas. Resolveu trazer a guitarra. Depois de comprá-la, era sempre a primeira coisa a mostrar quando chegavam as visitas, mas tinha vergonha de tocar. Que coisa! Ele não se soltava... Dava sempre aquelas notas fracas. Mas não desanimava, é tentando que se aprende!

Em meio àquela discussão, já não bastava ter acendido o cigarro, fumou-o mais da metade antes de dar o primeiro parecer. Gostou do filme, mas nem tanto, refletiu, não era uma coisa assim aprofundada. Sente-se aliviado agora, a atividade afetiva corre solta, tem suas próprias asas, é dele o motor.

Houve época em que ele costumava cavar buracos. Convenceu-se depois, com base na opinião dos outros, de que cavar buracos era uma atividade prejudicial à saúde. Mas havia uma dúvida, porque a cada buraco iniciado e interrompido em seu ato logo no início, poderia haver alguma gratificação que não estava sendo atingida.

Mudou de comportamento. Passou a cavar buracos só de tempos em tempos, mas tentando ir até o fim de cada um. Deu-se conta um dia de que nunca haveria fim nos seus buracos, num buraco cavado não há propósitos, nem objetivos atingíveis.

pretenso escritor

Ele, Nícol, estudou Letras. Nos quatro anos em que fez o curso (e em mais um, de especialização), sentiu-se patinando. Quando começava a consolidar um conceito, vinha outro texto que negava todo aquele pouco formulado. "Chegou a hora de mudar de área", pensou, bastando para isso que se informasse com os mestres preferidos das reais possibilidades.
Tentando se convencer de que havia algo de útil naquela investida, participou todas as novidades à amiga Bruna e à pessoa amada, sem se persuadir de que estava no caminho certo.
 – O iluminador já estudou música, temos alguns conhecidos em comum.
 Mas a turma do rabo de cavalo, sentada e observando, com algumas brincadeiras, lembrava justo daqueles que eram passados para trás, com facilidade, no campo dos estudos.
 – Quando me deito de bruços, cubro o corpo com as costas. Quando é de barriga para cima, com a barriga.

Níquel prepara um dossiê sobre os escritos. Para passar a limpo todas as poesias, desenhos, é só montar uma pasta. Cada vez terá mais a enxugar, a escolher de vez qual das versões lhe agrada mais. Não deveria repetir-se, mas até o Pessoa faz isso. Nícol gosta do Pessoa, mas sabe que ele não é ele, ou melhor, nenhum, nada... Níquel não é, Pessoa foi, o autor é o que se gosta. O instrumento, ou melhor, objeto de Níquel é o não Níquel, pessoa da pessoa, sabe que ele não é nada. O olhar é.

>Imagina uma edição em computador. Pensa em tudo, no formato, nas letras. À margem do processo, o escritor se isola. Não se insere, não conhece de perto o meio de produção. Apenas vive, o seu sonho é agora mais completo. Quem lhe dera pudesse então se editar, semanalmente, alguma coisa. Mas eis então a chance de não tentar, de não ir à frente da máquina e dizer, "meu Deus, isto é tão fácil":

Chove agora e no molhado chove – e agora?

>Níquel teve medo só de lembrar os tempos de adolescência, aquelas loucuras que ele não tinha como explicar, as angústias que não dizia a ninguém. E esse maldito cigarro, que depois de velho sentiu grudado à boca, não tem como se libertar dele sem sofrimento?

Nas praias do Norte, a esta hora morna, há quem tome o último banho, nade, brinque de bola, mergulhe de novo sob a ondas, ou repouse deitado sobre uma toalha, sentindo na pele os últimos raios do entardecer.

Depois que se põe, o sol dá lugar às luzes artificiais que coincidem com o aumento do murmurar de motores e vozes humanas, e será a hora de se preparar o jantar, de assistir à novela e ouvir as notícias do jornal falado, na versão que a emissora de maior audiência escolher em conchavo com os governantes locais e nacionais.

>Nícol não desiste:

Na hora do entardecer, quando as pessoas parecem mais aliviadas por ver se esgotar naturalmente o tempo da jornada, um tipo de passarinho volta para o ninho para ficar observando com medo o barulho do trânsito, que parece o de um mar bravo. Esse tipo de passarinho é originário da Austrália, e adaptou-se bem ao Brasil junto com os eucaliptos. É de penas marrons e azuis, o bico fino e alaranjado. Quem constrói o ninho é a fêmea, e cabe ao macho uma espécie de estratégia de defesa territorial, a observação dos gatos e ratos, crianças, alteração do tempo etc. O macho é uma espécie de supervisor, aquele que fica observando as coisas para ver se estão em ordem.

Nícol jogou água no computador. Ninguém viu isso, foi de madrugada, quando estava bêbado. Os poucos que souberam, se não o compreenderam, não espalharam a notícia para que ele não fosse internado. Níquel passou por essa fase bem confusa, mas contou com a ajuda dos amigos. Estes, sim, continuaram se equivocando, mas ele não. Ele descobriu na universidade a seriedade necessária. Para fora dela, só lhe interessava o que fosse mais sereno. Descobriu outros que se esquivavam dos erros e até se acomodavam, mas mantinham a jovialidade, e assim optou pelo que fosse melhor para ele. O melhor estava por vir e viria. Nunca imaginou que poderia apaixonar-se tanto, no bom sentido.

desmanches
de pensamento

Níquel visitou aquele lugar e encontrou um amigo. Mais do que uma coincidência, era a segunda vez em três meses que o amigo ia ao lugar. Era também a segunda de Níquel. Contentes e céticos, realistas, os dois trocaram telefones e um pouco de conversa. Quem diria, aquele poeta *blasé* tinha um pouco a ver com ele.
Mas Níquel ficou ainda mais contente quando soube das histórias da criança que estava aprendendo a namorar. Preocupava-se a criança com a amiga, a ponto de verificar de manhã se ainda dormia ao seu lado. Tratava-se de uma criança adorável, Nícol sabia, merecedora de todo o agradecimento que ainda vai ter no futuro.
O fruto que é colhido das coisas parece tão visível que Nícol aposta na teoria do carma. Nunca poderá saber se já houve outra encarnação no passado, mas nessa, ah…, sempre soube, desde a infância…: um dia colhe o que foi feito no de antes.
Como quando disseram que as pessoas têm "missões" aqui na terra, e que no momento em que uns se vão é para alertar outros, sensibilizá-los, mas isso quando? Agora, vinte anos depois? É o problema de as pessoas estarem assim tão presas ao presente que não veem que é igual ao passado, será igual no futuro, é uma linha sem começo ou fim. E o que dizer daqueles que se deixam impressionar (como ele, no passado) pelos momentos, achando que êxtase é pleno conhecimento sensitivo, que com êxtases e êxtases se atinge a todos? Atinha-se assim ao que era vago.

dia normal de músico e trabalhador

O dia mal amanhece e Nícol já acorda, logo cedo estende a roupa, prepara o café e sai. É comum em São Paulo as pessoas se surpreenderem com a rapidez do trânsito, mas é assim mesmo: os carros voam. Ele olha os passarinhos, porque tem um lado poético, com que faz questão de lembrar a infância observadora, e os passarinhos sempre o sobrevoam porque..., bem..., não sabemos: os bichos sentem algo de diferente nele, logo percebem algo de interessante a ser sobrevoado.
Os carros passam a mil por hora e Nícol vai atravessando as ruas. Hoje se dirige à escola em que dará aula, amanhã será o teatro, o estúdio de gravação, a gráfica, sua atividade é variada. Ele para numa quitanda, confere os preços, na volta fará as compras. Vem-lhe à cabeça um trecho de sua última composição, que ele precisa reparar a letra.

Por que teria aceitado, por alguns contos de réis, apresentar-se naquele bar imundo? A primeira surpresa foi que o bar não era tão imundo assim: garçons uniformizados serviam os fregueses que eram bem vestidos. *Ela* se sentou não muito longe de onde estavam o banquinho e o pedestal do microfone, mas a uma distância segura para que ele não a reconhecesse de cara. E ele nem notou mesmo, só se dando conta no final do expediente, quando viu o camarim ser invadido por uma pessoa emocionada.

É que, logo que começou a dedilhar, ela reconheceu as mesmas músicas clássicas, imperfeitamente tocadas, que só ela lembrava por inteiro e na sequência (quando se esperava músicas populares e aquelas compostas por ele). Ela notava os erros e "vacilos" da mão, algumas notas mal tocadas, mas era ele quem estava ali, ele, o sensível, amor de sua vida (ou o amor mais sensível em sua vida), o maior dos quase casamentos (pelo menos o seu pedido levado mais a sério), o mais feliz, sincero, transparente...

Em casa, só agora ele está mais calmo. Não sabe onde deixou a carteira, mas pensa, "feliz de quem a encontrou".

De manhã chove de uma espécie de folhas lilases que vão caindo, caindo, e no seu peito as coisas são como soam, vão seguindo seus caminhos e ele o dele. Como em um livro, abre o guarda-chuva e vai voando, voando, dentro dele se desenrola uma história não traçada cuja personagem principal desemboca numa metamorfose vampiresca, quase determinada.

Era assim: entrava numa espécie de explicação sobre a origem do cosmos onde cada força física e elemento químico era um ator, tinha características humanas, reagia e sentia. O primeiro capítulo finalizava como o desfecho do cosmos e Nícol achou um pouco cristão demais, embora acrescentasse algo (nada de novo, como as tantas tentativas de se acrescentar algo novo que recaem no paganismo). "Isso é tão antigo", pensou Nícol, e virou a página.

Surpreendeu-se no segundo: apresentava o protagonista e tinha algo de bucólico, que Nícol leu rápido. Surpreendeu-se com a morte logo de cara da personagem principal, por causa de um amor impossível, mas logo no terceiro capítulo o protagonista ressuscita, em forma de vampiro, um vampiro calmo, diferente... Ele se interessou. Depois de um mês leu o livro todo que pretendia escrever, prometendo relê-lo.

Nícol ouve música. Em momentos como este, o cigarro dá um prazer especial. Mas há ansiedade que não se encerra em nenhuma tragada, então dá outra e outra, e na quarta já se abaixa o estado de ânimo. Mas volta às linhas da audição.

    Enquanto ouve, ele pensa: "Por que a nossa cabeça é tão pequena, incapaz de se dar conta de todas as possibilidades químicas?". Por influência da letra da música, ele reflete:

É por tais medos que a religião se afirma entre nós. Ela conforta, alivia. Em nenhum ponto do espaço estão todas as explicações. É o conforto que precisamos, principalmente quando as tentativas de mudança caem no vazio. "fluxo sem leito" é o mundo, mas dentro do peito "corre um rio".

Sente-se retrógrado e conservador quando quer fugir para dentro de si mesmo, alienando-se para às vezes ganhar terreno. Apenas a consciência de que fazer fluir o rio liberta o espírito, dá coragem e move-o. Quem sabe? Um dia a fúria desse estrondo virá lapidar o sonho. Cavaleiro de Jorge é estar de bem com a vida, bom astral em corpo belo, agitando e amando.

    Em meio a tanto raciocínio e pensamento ele cai no sono. Acorda, de repente, de um sonho paradisíaco. Havia o registro eletrônico para que no tempo certo em que alterasse sua respiração, mostrando ter acordado, entrasse uma pessoa no quarto. Havia sensores da energia sexual, para que a entrada da odalisca se desse nesse tempo certo. Ela trazia na mão um pote, onde mais tarde cuspiria o que estava para ser tirado dele. "O mel desses olhos luz, mel de cor ímpar".

    Tenta anotar alguma coisa, mas até encontrar a caneta, ao se deparar no caderno com as anotações de compras, começa a brincar com palavras: *vagalume, vagabundo, moribundo, "moribugue", marimbondo, carimbo, dinheiro, marinheiro, caramujo, caramelo, canhoto, gafanhoto, camelo, cabelo, comer morango, orangotango, comemorando.*

está mesmo só

Níquel lê, mas precisa prestar mais atenção. Às vezes vê que se desligou do que estava lendo, mas vai em frente, tentando recuperar a concentração. Na folha de nº 6 de um manual técnico ele teve vontade de comprar um romance novo, igual àquele de que gostou. Passou um tempo e fez isso. Era uma história política, uma ficção futurista, mas com os mesmos dilemas atuais: esquerda versus direita. Níquel não entendia bem a direita apegada à religião, ou a esquerda à ciência, como o ser humano conseguia ser tão contraditório. É assim na natureza, há momentos para satisfazer diferentes necessidades do corpo e da existência, o animal ama e luta pela sobrevivência. Existe necessidade de união entre os povos e de autonomia das culturas. No fundo, todos querem ser felizes.

Há mais tempo do que imagina, Níquel procura se certificar da diferença entre ciências exatas, humanas e biológicas. As ciências humanas são as muitas teorias entre as possíveis culturas e civilizações, sempre relativas a uma subverdade, ao gênio do ser humano. Níquel anda pensativo, mas por quê? Será por falta de atividade, por preguiça? Quando não está autoconfiante, preocupa-se em demasia com os problemas alheios, achando que podem atingi-lo. Mas depois melhora, passa desse momento. Não sabe se liga para os amigos, ou para a família, que nem sempre vê. Está tudo bem, ele sabe.

Nícol encontrou uma conhecida e contou o caso de Fernando: ele andava sem amigos, sabia que sem eles andava mais enrustido, mas quando pudesse vê-los talvez voltasse a brilhar.

Passou perto do estádio e achou muito bonito o grito de gol vindo de lá. Do estúdio em que mal começara a trabalhar, Nícol saiu apressado para comemorar o aniversário de outro amigo.

Lá ele conheceu Marlyn. Talvez fosse a primeira vez dela, e agora tudo o inibia. Aliás, Nícol também está um pouco desanimado por causa da gripe, mas logo ficará bom.

Marlyn se considera a película mais sensível da nova península Ibérica. Passou a noite bolando artimanhas para se safar daquele erro.

Era d'altura da queda o tombo esperado? Se a ave que voava visse a uva não haveria d' avistar na varand' o ovo? E os gatos e ratos na espreita?

Mudando de assunto, Nícol nunca esqueceria os dois gols que fez em Ubatuba, contra o time local. Os visitantes perderam de seis a dois, mas pelo menos ele fez os gols.

vida nova
e os tempos de faculdade

Nícol se lembrou de quando perdeu a carteira: demorou, mas conseguiu superar todos os entraves burocráticos e refazer a documentação. Andava alegre e feliz por não precisar preocupar-se mais com aquilo. Resolveu começar vida nova.
Nos tempos de faculdade, ele aprendeu na marra a organizar um trabalho, a *fazê-lo*. Hoje ele toca violão, desenha, mas é preciso ter uma atividade digna para merecer sua pausa artística. Um psicólogo diz que não, que é dádiva, que não precisa preocupar-se.

Nícol lembrava muito dos tempos de faculdade. Lá, diziam que ele teria facilidade para inventar propagandas. Se quisesse se desenvolver, poderia ganhar com isso: "Calcinhas Daunluk, as únicas que já vêm com corrimento". Uma calcinha: o que naquela época ele não daria para tocar as coxas de uma menina, os seios dela, a boca e o corpo todo?

Ele não daria sua professora de linguística, a Maria Adélia, que usava calcinha e sutiã de um jeito bem feminino. Ele não daria nada do que tem e muito menos uma música sua.

Gostaria de dizer que não precisa de tempo pra isso, porque tempo ele tem, mas não daria a sua mão sem seu pé, sem a sua fantasia. Já que não pode passar o resto do dia não pensando em nada, pensa aí em alguma coisa: uma sereia que se parecesse com uma foca, uma foca de calcinhas cor-de-rosa, risonha e franca, fartamente bela. Mas aí já não sabe o que seria.
Lembra até que ouviu sair da boca de uma colega, quando estavam na piscina, as palavras "caralho", "caceta" e "mel". Ele que não quer ser grosseiro, desonesto, deixou-se passar pela maior de suas farsas, a timidez. Bendita hora: ele não via o momento de acender um cigarro ali, sozinho, diante do computador: *diamante é uma palavra, de amante, de cego, daqueles arrogantes que não sabem de nada, e o pior é que através da formação em bandos conseguem ser poderosos. Mas a ilusão é efêmera, dura enquanto demora a vir a realidade, a realidade que eles não esperam.*

> *Depois de escolher a meia laranja, bota a calça e calça a bota; corta a laranja ao meio, quer dizer, vai direto nadar; dá as primeiras braçadas e outro nadador confirma: "Hum... nada mal...".*

Lembra que depois do banho de piscina, no dia seguinte, ele saiu da aula às quatro da tarde, com a lista assinada, sem a menor culpa pela "cabulagem". Ao ver o carro daquela colega encostado atrás do seu, não voltou atrás e disse:
— Sim, eu vou em frente, hoje não é a primeira vez e nem a última em que vacilo ao sair de um lugar por causa de uma pessoa.

Uma pessoa — e que pessoa! — assistia à aula bem à frente dele, até poucos minutos antes. Era uma menina diferente, que de determinados ângulos tinha a beleza bem observável, algumas vezes com um brilho especial nos olhos. Quase todas as vezes ela o desprezou. Neste dia ele sentiu que não, e talvez até por isso tenha resolvido cabular a segunda parte da aula, para mostrar a si mesmo a vontade de sair correndo, abandonar tudo.

Voltando à sua realidade, tem os pensamentos voltados para o bê-á-bá de um homem em começo de carreira, as tentativas leves de se introduzir no mercado de trabalho. Mas quando volta para casa sente vontade de cantar. Lembra uma música e quer que seja aquela. Detalhe: a letra está incompleta; tem uma versão nova, mais próxima de acabada, mas que está perdida em alguma pasta ou papel solto. Resta refazer a letra.

Logo se distrai e volta a lembrar da faculdade, do momento em que cabulou aquela aula. Também, o professor era de um tipo feião, sem assunto, tentando assustar a classe com outras realidades cruas, de que quem estava lá não escaparia da profissão de professor, que haveria práticas de ensino exaustivas já a partir do semestre seguinte.

A verdade é que, na faculdade, Níquel passou por outras dificuldades, principalmente no curso de análise sintática. Foi reprovado na primeira tentativa, mas na segunda ele virou um craque e sabia tudo de gramática. "Nada me tira da cabeça que esse cara é um filho da puta". Oração principal: "nada me tira da cabeça". Sujeito: "nada". Adjunto Adnominal: "me". Adjunto adverbial de proveniência: "da cabeça". Oração subordinada substantiva objetiva direta: "que esse cara é um filho da puta". Conjunção integrante: "que". "Esse cara": sujeito. "Um filho da puta": predicativo do sujeito.

Mas também sabe fazer uso de um português enganoso, às vezes na rua, quando está irritado com o trânsito e prefere logo mandar o cara "a nível de" tomar no cu.

Atualmente, às vezes, ele também se sente um craque dos arrependimentos: escolhe um filme sabendo que poderia não ser aquele. Se não vai à praia por causa da festa, já sabe que vai ficar a ver navios.

O animal de Nícol é uma tartaruga, que ele alimenta, de vez em quando, com pedaços de carne. É estranho: ele dá carne de boi, um animal superior, à tartaruga, que lhe é inferior. Em seu aquário perto da porta, as tartarugas estão vivas e ele não se preocupa tanto por abrigá-las em uma sala, porque logo serão doadas ao jardim zoológico.

Nícol começou um novo livro, *Um mito guardado debaixo do braço*. Mas sabia quer era por baixo da calça que se encontrava a verdadeira razão, a causa. Lembrava a história surrealista de uma personagem que fez cirurgia espiritual. A mãe desse amigo morava sozinha e ele se hospedou lá naqueles dias, enquanto sua casa sofria de pintura. Por sorte desse acaso, a mãe dele se livrou de uma boa.

Ela estava no sótão, conferindo o forro (por causa do tipo e da idade da casa) e tentando arrumar alguma coisa. Para isso precisou de uma escada. Achou lá em cima uma caixa desnecessária e foi jogá-la no chão da casa quando, *zás!...*, a caixa bateu na escada, que caiu. Era no começo da tarde e ela esperou até o meio da noite, quando o filho chegou, chamando: "Mãe, mãe?". Ela deve ter ficado todo esse tempo pensando em alguma coisa. Sabe-se lá no quê.

enfim, praia

Nícol agora está na praia, curtindo o bater do vento com os pés descalços na areia. Ele gosta muito de ver o mar, ouvir o barulho, entrar na água, nadar e cantar ("Ai, quem dera, o mar e o amor feliz"), sentir-se à margem do processo, saber que de dentro dele ele veio, ele vai, nada, anda na areia (pensa naquelas palavras, "mar, areia, amar, eia, amarei-a"), bate o vento, vê as pedras, sobe nelas, acompanha o estrondo das ondas. Nícol está feliz e sabe que quando está feliz endireita a vida, fica ainda mais feliz.

Agora já está novamente em São Paulo, louco para acender um cigarro, já não resiste, vai o primeiro desses três dias. Já está aceso, dá uma tragada...

Da praia ele se lembra de coisas interessantes que quer narrar. Mas a emoção do momento é tragar pensando naquela mulher de biquíni bonito, belas pernas, "gostosíssima...". No caminho vieram mais palavras que reúnem as cinco vogais, inclusive um substantivo interessante de que agora não se lembra. E muitos verbos, já que percebeu que basta usar "íamos" como complemento de formas com "u", "e" (estruturar, pendurar). Estão no caderno ali perto, poderia fazer uma coleção, mas sabe que isso interfere na leitura. Ah, lembrou: "universitário". Outra: "quilometragem".

Nícol vai de novo à praia, pois planeja um jeito de se transformar no que
quer, de lembrar que é belo o planeta em que vive. Há muito a se divertir,
a construir também.

> Níquel gosta dos parentes, daqueles com quem convive, sinal de que o mundo é bom (só está um pouco desajustado, pois a civilização é complexa). Ele demorou a entender que a beleza da natureza é decorrente da observação e da versão do narrador, mesmo sendo cinematográfica; há um fio poético de autor.

Níquel se solta, gosta de si e do que faz. Entende
que o seu tempo é lento, contemplativo, mas que
ele pode ser dinâmico e desmelancolizar-se de todo,
sem esquecer de si, de sua calma, de como gosta
de olhar as coisas. Nícol ama, ama de verdade, faz
questão de estar bem próximo a pessoas amadas, é
dedicado o bastante.

> Níquel precisa tratar o seu mau-humor de algumas horas, ser agradecido, até louvar, se necessário, já está quase conseguindo ser tudo o que quis. Só precisa trabalhar mais, engajar-se profissionalmente, porque "feliz, eu sou feliz", como gostava de interpretar a música.

Naquela fase, Nícol era um rapaz muito tranquilo, mas
ainda gostava de dar nó nas pessoas:

— Depois da praia vou à festa.
— E como você vai?
— Bem, obrigado.

> Ou então:
> — Você anda sempre de camiseta?
> — Não, às vezes eu fico parado.

ideia de um novo descanso

Nícol foi passar um tempo no interior de Minas para fugir de seus problemas, ou melhor, do grande problema de sua indefinição profissional. Mas voltou de lá com hepatite. Para os amigos, mostrava o lado intelectual de sua viagem: era uma pesquisa de campo, com a qual melhor entenderia os livros de Guimarães Rosa. Não devemos caçoar de Níquel, seu autor não pretende ser mais interessante do que ele. Como amigos, devemos torcer por ele, para que pelo menos algum de seus planos dê certo.

Nícol pensa uma coisa e fala outra. Diz que sente falta de coisas que tem preguiça de fazer, mas isso não vai ficar assim. Ele vai voltar à universidade. No começo vai sofrer porque há tempos não tem a disciplina daquela época, mas precisa encarar. Outras vezes ele já se propôs a sacrificar o ócio para não se arrepender depois. Ele precisa crescer, distanciar-se novamente da linguagem dos quadrinhos e do *rock'n'roll*, voltar a enxergar o mundo adulto.

Com dúvidas tão primárias, vê-se que não duraria mesmo muito sua viagem.

De volta a São Paulo, Nícol parece que regrediu mentalmente, e virou agora malandro de padaria: bunda mole, ciumento de mulher. *"Vacilón"*, ele ouve às vezes, porque não se sente à vontade quando tem de sambar, a não ser quando está só. Tem medo das multidões, só bebe na padaria (onde também compra balas e outras porcarias).

Certo dia, Nícol foi a uma gafieira e ficou olhando para as mulatas. Não tinha vontade de seduzi-las, mas se alegrava com algumas piscadelas. Depois voltou lá, uma, duas vezes, e achou que isso fazia bem para ele: ficou mais solto.

fase não tão espirituosa

        Nícol tinha senso de humor:
              – Alô, eu gostaria de falar com o monstro.
– Que monstro?
– O monstro da jaqueta azul.
– Ah, é ele que está falando...
    Às vezes conseguia ser mais original em suas tiradas:
           – Seu nome?
           – Emílio Convosco.
           – Como?
           – Nunca ouviu falar na família Convosco?
           – O senhor é Convosco?
           – Contigo também.

Nícol não gostava do sobrenome que tinha, Chonette, que deu margem a gozações sem graça que recebeu desde a infância. Chegou a ter raiva de seu pai, Alonso, que por sua vez também sofrera muito com isso...
Quando queria, Nícol era muito chato.
— Como tem andado?
— Com as pernas, mesmo.
Nessa fase, se precisava dar uma de macho, ele tomava o leite sem ferver, não passava *shampoo*, mudava a entonação da voz.
E costumava ouvir:
— Ouça, Nícol, você não deve tomar drogas porque caiu num caldeirão delas quando era pequeno.
Valia para todas, uma a uma. Mas a verdadeira droga de Nícol eram os sonhos. Guardou bem um deles porque não era difícil reproduzir a cena: um ovo de isopor, do tamanho dos de Páscoa, dos grandes, para que se movimentasse, quebrasse, e de dentro dele nascesse um galo adulto (frango, pintão) ou coelho.
Fez parte do sonho outra ideia: de uma peça de teatro em que a participação do público não fosse algo a mais, mas o próprio conteúdo da peça; entram os atores (de um teatro pequeno) guiando um por um dos espectadores a determinadas rodas de identidade (por tipo físico, aspecto psicológico). A partir dessas rodas seriam dadas as instruções para a figuração de todos os espectadores, que poderiam interferir na evolução do enredo proposto.

época de
namoro

Como a flor que se torna bela e encantada no tempo propício, Ema se vestiu de rosa para o encontro tão aguardado. Decorou textos clássicos, mas ficou ferida na porta do cinema quando Nícol atrasou cinco minutos. Nem por isso ela deixou de passar em branco algumas partes do filme para relembrar os poemas que recitaria assim que estivessem a dois, falando de coisas agradáveis: os dois.

Nícol e Ema saíram do cinema e foram caminhando abraçados pela Avenida Paulista. Nícol começou a falar do que havia feito de dia. Eram assuntos até que interessantes, a maneira como contava era engraçada, ia descrevendo suas personagens que aos poucos Ema iria querer conhecer, mas aguardava ansiosa pelo momento em que a conversa ficasse mais íntima, para então revelar seu amor.

– Ema, você conhece o Nordeste?
– Bem pouco, fui uma vez a Salvador e Olinda quando criança, com minha família.
– Que tal se fizéssemos uma viagem, os dois, na próxima semana?
– Já?
– É só escolher a data, eu posso tirar alguns dias, vamos combinar.
– Talvez eu possa também, mas acho uma decisão prematura, mal nos conhecemos...
– Que horas você tem de chegar em casa, hoje?
– Meia noite, para não grilar a *mama* e o *papa*.
– Dá tempo de tomarmos um sorvete.

Foi na lanchonete o primeiro beijo. No ônibus mais um, discreto, e a uma quadra da casa dela, para não se preocuparem em estar sendo vistos, que se beijaram mais.

O dia seguinte foi muito romântico para os dois. Ambos queriam ser o primeiro a telefonar, deixaram recados na mesma hora. Conseguiram se falar na hora do almoço. Ema fechou a porta do quarto, só então conseguiu recitar um dos poemas, com auxílio do livro. Estavam começando mesmo o namoro, iam sair de novo à noite, para o olhar desconfiado dos pais de Ema, e estavam ansiosos: cinema, de novo.

Mesmo sem se identificar com os atores, o sonho de Nícol se tornou realidade. Ele abraça sua mulher linda e seminua, espera ela sair do banho, vão agora dormir juntos, abraçadinhos – boa noite.

Neste dia que foi tão ensolarado, Ema se dirige ao local em que pedirá emprego, nova empreitada no mesmo campo. Níquel não se preocupa, "a vida é assim mesmo". Pudesse ele se agarrar à natureza, conscientizar-se do quão grande e belo é este reino de Deus, pensaria em coisas mais consistentes e escreveria de novo sobre elas:

Turva e fosca a nuvem cobre o céu. Fura e rompe-a com fúria um torpedo meu. Sou teu escravo e farás tudo que eu quiser. És meu escravo e farei tudo que quiseres. Galopando, o sol atravessa a janela, reflete na pedra. Rasgo teu vestido lilás e bronze. Aurora coalha as cores, solidifica o sonho no cochilo. Com baxixe na mochila, o ator parte. Foi da boca dele saído o relato escabroso e cabeludo, volta para ele. Asqueroso, o ator se mete em fria, o arqueiro aguarda de trás da pedra. Joga água no vaso de flores, compete, vence, ouve o grito de gol.

O que se lê é o que pode ter sido o seu escrito. O que se vê: um papel amassado, curvo, com a cor da ameixa; o pensamento em um amigo desencontrado, que não sabe onde anda (só lembra que é filho de arquitetos e alcoólatra precoce; soube depois que teve um casamento feliz, com uma caiçara, e que a irmã casou-se com um capoeirista; devem estar bem os dois, com a ajuda dos pais e dos amigos, talvez trabalhando na universidade); uma cadela tonta que não para de latir; uma bola de futebol que, aliás, não se vê, não sabe onde está.

Depois tem curiosidade pelo que estava escrito no papel que não sabe onde jogou, porque lembra que o que estava escrito era só um sonho, era costume seu fazer isso, mas das duas uma: ou desiste de anotar certos sonhos, ou desiste de dormir e os anota de forma legível.

livre, porém solteiro, novamente

O que fazer deste farrapo humano? Bonzinho, chega a agradecer pelos muitos insultos proferidos por ela, pelo desprezo à sua arte e intelectualidade. Algo desbaratado, diz para si mesmo: "Não consigo pensar, é só mágoa o que sinto".

Depois de se sentir jogado no lixo mais uma vez, Nícol vai até a banca que vende cigarros e não deixa de reparar nos novos vídeos pornográficos, ali tão expostos. Ouve a suave voz de um "vem amor" cantarolada na situação de sereia (alguém que desvia alguém de um caminho). Na volta, ao passar por obreiros que operavam britadeiras logo na manhã do fim-de-semana, ouviu a velha canção: "Pega ela aí, pega ela aí, pra passar batom". Apesar da falta que sente, não só aquela específica, Nícol pensa em Ema com moderação: "Não vamos querer provar quem pode mais; há ficções em que mulheres tentam se mostrar mais vorazes do que homens, que dão mostras de comê-los, como se fossem suculentos; na vida real, o homem nunca se arrepende, nunca arrebenta, seu vigor é enorme".

É dia de eleições e Nícol, rebuscando a forma, rabiscando o indecifrável, quer a fórmula. Vota e na volta vê o povo, come do polvo. Rabiscos, baboseira. Poderia ter trabalhado, mas não tinha ânimo. Espreme uma espinha do ombro, sai sangue. Não pode ler nada agora, para não ficar como ontem. Ela sente, também é dela a culpa. O que ela não sabe é que Nícol está muito curioso pelo que está atrás da capa do vídeo, pensa até em comprá-lo. Mais esta cera e basta, cara de besta, mas não consegue dormir. Toca violão. Nada para comer, beber, fome nenhuma. Fuma escondido, sente vergonha, enclausura-se. Não quer conversar com ninguém. Terá afazeres amanhã, hoje não. Talvez vá à faculdade (pensa numa pós-graduação).

Porque sente ciúmes (sim, e não é pouco; pensa se é doença hereditária), sonhou que viu seu amor dançando feliz com outra pessoa. Não liga, não diz nada. Para ele é humilhação da parte dela se mostrar gostosa para os outros. Ele não liga, não diz nada pra ela. Pega o telefone e se vê dando uma explicação: "Eu são sou assim, mas cada um só tem a si". Agora resolve dar uma volta, depois vem, para cima, para baixo, são voltas e voltas. Ele ainda gosta de si e ela também, então estão bem.

  Acordam então para viver bem nesta mansa manhã de domingo, tudo calmo, vão até a padaria. Vão à casa dele e ela agora se deita na rede para ler um pouco, onde bate um pouco de sol, e ele ali escreve como quer, só esperando depois saber aprimorar e direcionar o que sai (mas se atrapalha por não desgrudar o pensamento de dois objetivos: parar de fumar e voltar a trabalhar, dando aulas ou exercendo outra atividade digna qualquer, como ser bancário; mas o que quer mesmo é escrever como nunca, publicar um primeiro romance, passar a limpo as músicas...; seria bom se acreditasse que, como no passado, seu futuro é inviolável; tudo tem seu tempo).

rotina encalacrada

"Mais este cigarro e me calo" (fuma então este cigarro antes de se calar). Ele quer escrever, mas não tem muito a dizer. Está triste, desapontado, como um lápis desapontado. Ema não o quer de novo. E por que haveria de querê-lo? Só que seu coração anda triste, triste, com tudo que está acontecendo...

Puta que pariu! Mais um telefonema anônimo, enganoso, sem pedir desculpas, bate na cara! Justo agora... Porque poderia ser Ema ligando de volta, que pena, pena que não era ela. Está triste, muito triste mesmo, mas não vai encher a cara... Não pode e não quer. O segundo time nunca perde em importância porque tem ainda um amigo. Seria uma puta vaidade dele se apaixonar tanto por Ema. Mas é uma vaidade, é assim que pinta. Ou não pinta, nunca, é uma puta ilusão.

Dizer que valeu a pena só para pensar em se desvencilhar definitivamente das garras do erotismo. Não foi paixão? Nem isso?

Nem sofrimento. Sofre aquele que não sabe sonhar. Não sabe pensar nem amar o que diz, nem interpretar nem nada. Aquele que não sabe se entregar, nem cuidar de si próprio.

Ama e sonha, porque é luz. Mas se é derrotista, perto de Ema já não serve. Serve para ficar na sua, quieto, parado, sem nada que o satisfaça, ninguém.

Vontade de chorar... Esse choro vai para a praia. Ninguém entenderia que ele não queira simplesmente chorar porque não consegue trepar com ninguém, porque trepar com outra não vai resolver...

Não, ele não quer fugir, só sair do sério, botar todas as cartas na mesa, mostrar as chantagens lançadas, o peso que levanta dia a dia.

Mas agora está ficando mais forte, resolveu nadar. O seu esforço intelectual, diga-se, por obrigação, não melhorou nada de concreto. Impôs-se só um pouco de respeito, foi insuficiente, os caretas agressivos continuam à solta.

Vale se desvencilhar, ligar para outra. Nem que seja à toa. Uma puta gata. Pra quê? Ele não precisa de uma puta gata, só de alguém que o ame, que o suporte e o trate bem.

Afunda nessas palavras. Ele não serve. Garotas bonitas, interessadas em literatura, não lhe servem. Não quer chorar agora, embebedado de cerveja. Guarda essas "lágrimas" pra depois.

>Foi deixando cair coca-cola na roupa que ele se deu conta da bagunça. Primeiro foi o sorvete, agora essa mania de ficar fumando sem fazer nada. É que ele não se conforma com a certeza de que o melhor é o sexo, o resto é menor. Mas mesmo o sexo ensina algo: é mais gostoso quando as outras coisas estão em ordem, quando o corpo está bom. Tudo isso porque, durante a semana, quando estava sozinho, passou em frente à tal banca de revistas que tinha uma coleção de fitas eróticas, e ficou curioso pelo que havia de melhor (em termos de conteúdo) dentro daqueles envelopes. Mas jamais mataria essa curiosidade, jamais despenderia grana para saciar curiosidade desse tipo, o orgasmo é sempre bom, não precisa disso, precisa amar, muito.

Delírio de quem dormiu quase nada, está equilibrado por um fio. No meio da rua chegou a se desligar a ponto de procurar o referencial de onde estava. Na volta, procurou o caminho de casa, não por acaso, queria namorar. Não se esquece do que tem por fazer, mas hoje não, só mais tarde. O dia é bonito, mas se sente culpado e generoso, culpado por não ter sido melhor.

Delírio de que faz o que pode, aos poucos melhora, espera que sim. Pode ser mais generoso, mas é preciso trabalhar mais. Vai esquecer um pouco as coisas, aquelas que não são urgentes, tratar bem da saúde, que o dia é propício, pra um dia fazer amor e cuidar bem dele, que o tempo é bom.

melhoras

De sua nova residência se vê à frente o Estádio Municipal do Pacaembu e atrás apenas um muro alto coberto de plantas. Corre solta a noite no Pacaembu. O jogo já acabou, o estádio vazio continua iluminado, embelezando as plantas do jardim. Na crônica que leu havia uma peculiaridade crônica, a do linguajar complexo, imitando os livros antigos. Mas ele admira Oswald de Andrade e Gregório de Matos, que são dos poucos caras que ele elogiaria cegamente.

De tanto ir a baladas, ficou amigo de alguns atores. "Jac viu o filme, Kim estava lá. A *blonde* açoitou os cachorros, mas era tentadora só pelo que fez nos bastidores", dizia a revista.

Nícol quis ver a peça, só para prestigiá-la.

Brenda estava de meias, azuis, amarelas, umas por cima das outras. Foi tirando, uma a uma, mas a *strip* não acabava mais, nem em maio, nem em junho, a música finalizou e elas não estavam nem de calcinhas, havia muito por tirar.

O terceiro ato foi certeiro: ela espalhou boato na boate e Nícol quis aproveitar essa ideia. Mas Sérgio, o amigo ator, estava um saco... Nícol ouviu da própria namorada dele (com quem andava saindo) que, após alguns exames, o médico teria diagnosticado:

– O seu ego está muito inflamado, o que pode acarretar uma diminuição de fluxo do inconsciente. Blá, blá, blá...

Agora pode rir à vontade. Passou uma tarde ótima, pouco se lembrando dos crimes contra si. Pôde não pensar nas baixarias da peça, estava saudável, andando de bicicleta. Até viu passar uma rapariga "amiga" (conhecida), mas que andava distante. Realmente, viu voar um pato preto bem acima dos outros, num céu claro, lá em cima.

Na saudável tranquilidade dos parques, quem não está trabalhando se expõe, com o bom entendimento da sociedade (estando em boas relações com ela). Até recebeu cumprimentos de uma adolescente simpática, bem formosa, que também andava de *bíci*. O céu azul e as mentes desenvolvidas conseguem alcançá-lo mais do que ele mesmo, como mentes experimentadas, de geração em geração, da abertura espiritual.

Nesta noite, tudo se perdoa. O amor agora está mais firme que ponte de concreto que não se explode, é sua verdadeira fonte de luz. Mal se conheceram e, na companhia um do outro, nada se diz além do que se pensa. Na solidão necessária, escreve apenas o que venha a trazer nova informação. Entende que o barroco está no berço da língua brasileira, e que a ciência da língua está na literatura. Pensa: o enfoque que o romantismo e o realismo dão ao barroco é o mesmo?

Mas nada do que ele escreve já se presta. Em tempos de ócio, tentou inventar uma nova história para crianças, da princesa e seu diamante:

Há muitos e muitos anos, havia em um castelo do norte da Escócia uma princesa de nome Nara, cujos atributos em geral mereciam muitos elogios, mas principalmente o de se comunicar com animais de forma a saber todos os segredos do tempo atmosférico, para assim prevenir o reino contra as calamidades. Tudo começou quando ela recebeu de sua madrasta, talvez por acaso, um anel de diamantes encontrado nos entulhos do cofre, um possível anel mágico, mas nem nessa época se acreditava nessas coisas. Quando ela o colocou no dedo pela primeira vez, ouviu um coaxar de sapo e uma voz junto com o canto de um passarinho que dizia:

– Liberte-se do pé!

Na verdade ela não entendeu muito do que essa voz dizia, preocupada que estava em não deixar coalhar o leite sobre a mesa...

Já faz tempo que Nícol não dá aulas. Sabe que o dever cumprido levanta o astral, precisa de um. Amanhã verá o amigo e depois ligará para o último aluno.

Será que ela ficou magoada? Falou que sente falta de carinho, de mais orgasmos. É hora de levantar o astral dela. Mesmo que tenha se comportado mal nas festividades do curso, merece melhor tratamento.
Nícol estava um anjo. fingia que não via quando ela aprontava, estava tão contente com o seu início de lançamento ao estrelato que se fingia de santo. Nícol sabe criticar a farsa da sociedade moderna, percebe bem os seus limites quando vai ao campo, "ah..., eu tenho tantos defeitos... mas me admiro até por notar isso: o quanto sou imperfeito".

Nícol também notou que a adestradora de cavalos tem na beleza enraizada uma malícia devastadora, a defesa intransigente da sua posição burguesa, ideologicamente falha de beleza construída, de forçação do reconhecimento hierárquico de que é esclarecida. Nota: há mais a se pensar sobre a natureza. Os cavalos são assim, mas só depois que o homem, com todos seus machismos e maldades, domou a natureza.

final por enquanto

Como espiral parecida com o parafuso, Nícol sabe que a formação do R ou DNA é complexa. De cada par que se forma nascem as novas e mesmas combinações. Simpático à causa da paixão científica que vê nascida em si, ele tenta se acalmar.

Olha para o passado e avalia que antes só havia desperdício, muito mais do que hoje. ficava-se algum tempo parado, sujeito à sorte e bruxaria. Lutar dentro das trevas era inconsequente por si só. Mas agora já amanhece o tão sonhado futuro melhor. É o sonho de todos: um futuro melhor. Acha que, no fundo, todos sonham com um mundo harmonioso.

Para Nícol, arte, música, literatura, tudo isso é cultura. É sim. Pensa que a defesa dos direitos humanos também visa a conter a violência. Quer dizer, por força da redundância, que é uma defesa do sistema político ordenado, sobretudo capitalista, para que o mundo tenha regras sólidas, de agrado moral da maioria, sendo assim mais fácil conciliar os povos. O egoísmo é instinto de sobrevivência, tão reprimido pela moral cristã que teve de se apegar a outras interpretações da Bíblia.

Nícol procura consistência no pensamento da direita e não vê nenhuma. Tão leve e solto de qualquer concentração, liberta-se ao amar deliciosamente. Quem sabe um dia fará artes – descobrindo o que é arte? Este céu azul, mostra de um tempo tão promissor, explicita a calma. Calma.

Nada mais proveitoso do que nesta manhã poder estar calmo diante do que tinha de real a fazer, encaminhar com calma as diferentes questões, estar calmo e feliz, amando muito, cada vez mais, querendo dar a ela sorte e vida plena.

    Mais pro fim do dia, já seriam muitos os pássaros voando à direita e, de trás de tudo, a lua clara e enorme, aparentando estar cheia. A tarde no parque era inesquecível, e outro fator estava contribuindo: dois casais de adolescentes que se beijavam, mostravam-se descobridores do sexo, dando-se força, liberando-se mais. Bem próxima a eles, a loirinha já casada, de uns trinta anos, plantava bananeira na barriga do marido apaixonado, que parecia estar muito excitado (por essas e outras, Nícol já sabia que, mesmo sendo fácil adquirir o tal material pornográfico, só o sexo a dois lavava a alma).

Com o tempo, Nícol cantou seus próprios feitos em verso e prosa. Vivia entrelaçado a uma sórdida lembrança, até que resolveu perdoar-se. Todos são humanos e falharam alguma vez. Contente com isso, pensou no que elaborar dali em diante e chegou à conclusão de que o mais válido era dar continuidade aos projetos começados.

    Desempenhou como nunca, exagerando nos contatos sociais, vendo-se entrelaçado de pessoas de futuro promissor. E por aí vai, seguindo adiante, de vento em popa: dos tempos em que o vento ainda batia na proa, lembra-se que foi tentado por uma guinada aqui, outra ali, até que o barco começou a se mover lentamente, na transversal, para então tomar velocidade no rumo certo.

    Nícol viu como era fácil descobrir anagramas: "retrucar-recrutar", "retornam-tornarem"... Também explorou frases com palavras que eram quase iguais: "estética" e "estática", "histérica" e "histórica"... Pensou em escrever um manual sobre a *Gramática Dramática* (seus h. h. e suas e. e.)...

Até que um belo dia descobriu a imensa facilidade que tinha em escrever haicais, mesmo que ninguém entendesse, ou que estivesse apenas preso à forma:

> *Educa na vara:*
> *– Esses ovos são de granja?*
> *Ou você que pôs?* [1]

---

[1] Os fragmentos que compõem esta história foram quase todos escritos entre setembro de 1991 e abril de 1993.

à procura de singeleza

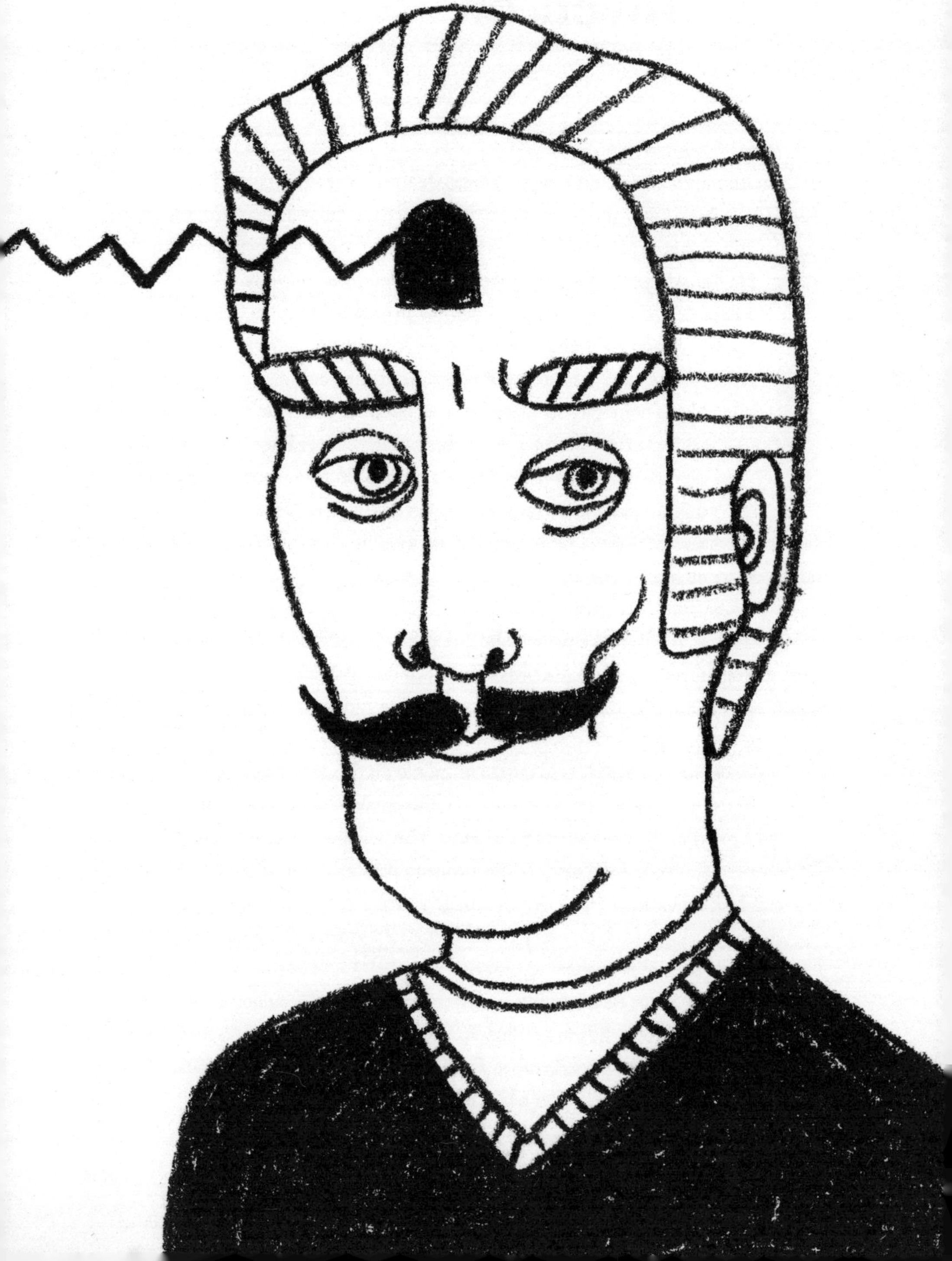

meu tio
inventor

Tive contato muito curto com este tio, primo de meu avô e muito parecido com ele. Chegou a bordo de uma canoa remada por um índio das bandas de Juazeiro, trazendo nela uma arca gigantesca, onde duas pessoas poderiam dormir confortavelmente.

Na hora do jantar, quando meu pai acendeu todas as velas e fez a casa ficar clara como nunca, ouvi as primeiras palavras desse tio, brindando e voltando-se para todos, com muitas palavras em italiano, que eu já sabia o sentido (graças ao meu avô).

Nessa noite ouvi as histórias mais fascinantes de que me lembro, mas não saberia reproduzi-las. Sobre a travessia oceânica, falou por mais de duas horas, com detalhes da escama do peixe que pescara com a mão, dependurado na lateral da nave, só com os pés amarrados.

Mas a parte mais interessante ficou para a noite seguinte, quando ele tratou de explicar o que viera fazer no Brasil. Começou contando sua trajetória na Itália, do fascínio por Galileu (graças a quem soube da existência de lentes corretoras da visão, que lhe possibilitaram enfim se dedicar às leituras) e principalmente por Leonardo da Vinci, não tanto por seus retratos insuperáveis (apenas igualáveis depois por um tal Michelangelo, como vim a saber naquela noite), mas por uns esboços de máquinas e estudos da natureza física que deixara em muitos de seus cadernos.

A grande surpresa viria lá pelo quarto ou quinto dia de sua visita. Depois de ter dado muitas voltas a cavalo para conhecer bem a geografia das regiões próximas, convidou a mim e a outras crianças (os dois primos mais novos) para conhecer o topo de um pequeno penhasco (ou o "penhasquinho", como depois foi chamado), dando a volta por trás, avançando com os cavalos entre as árvores da mata fechada. finalmente chegamos ao topo e de lá se tinha, realmente, uma bela vista.

Mas não era na vista que ele estava interessado, e sim no barranco. Olhou-o de todos os ângulos, mediu sua profundidade e inclinação e nos chamou para dizer algo confidencial, que nenhum outro adulto poderia saber. Fazia parte do plano dele nos acordar muito cedo, antes dos vaqueiros, para fazer o transporte do baú até lá.

Manhãzinha mínima, nenhuma luz tinha ainda quando ele primeiro me sacudiu e depois aos outros, apressando-nos, porque a qualquer hora já podia chegar o vaqueiro com as vacas no curral, dizendo que era melhor sairmos antes que o galo cantasse duas ou três vezes.

Ele já havia engatado em dois cavalos uma armação de madeira que permitia puxar o tal baú numa espécie de barca (quando lembro isso hoje, acho incrível que os meus pais não tenham acordado). Agora era só terminar de selar os outros cavalos e partirmos.

Foi emocionante. Quando chegamos de volta, meus pais e tios tinham acabado de levantar. Perguntaram algo ao tio-avô, que respondeu em italiano e eu nem entendi. O importante é que o tal baú estava lá.

Nos dias seguintes, meu tio-avô dizia que ia passear para conhecer ainda mais a região, falava do rio, mas sabíamos – e às vezes íamos com ele – que se dirigia sempre ao tal topo, e ficava lá montando alguma coisa com as peças do baú.

Foi alguns dias depois, em um longo serão na varanda (com alguns deitados na rede, outros sentados na escadinha e o meu tio-avô de pé, apoiado no parapeito) que as coisas começaram a se esclarecer. Contou que ainda em Gênova, rodeado de amigos bêbados em uma taberna (que no começo achei que fosse uma caverna), foi que ficou sabendo que o pintor Leonardo tinha deixado também muitos desenhos em um caderno, que ilustravam suas invenções imaginárias.

De tão curioso, um dia ele partiu para Milão e se ofereceu como jardineiro para os duques de um grande castelo. Na terceira ou quarta tentativa ele conseguiu o emprego. Sabia que esses duques eram descendentes de um tal Ludovico il Moro, que foi o provedor de Leonardo durante um bom tempo. Supunha que lá encontraria informações relevantes sobre os estudos do pintor.

Depois de algumas semanas já sabia onde ficava a biblioteca. Foi ficando mais amigo dos empregados e da família, até ter coragem de pedir para conhecer aquele lugar.

Um dos patrões era jovem e um dia convidou meu tio para beber. Depois de ébrios, meu tio contou do seu fascínio pelo pintor Leonardo. O menino convidou-o a visitar com ele a biblioteca em horário em que não tivesse mais ninguém por perto, e lá eles ficaram por algum tempo, até encontrarem os tais cadernos.

Foi mérito do menino a ideia de não se furtar nada, apenas copiar o que lhes interessava com lápis e papéis, que ele ficou de providenciar. Assim foi feito. Durante cinco noites meu tio-avô tratou de copiar os desenhos relacionados a uma tal máquina de voar.

Depois disso, até sua vinda ao Brasil, as coisas se
passaram no tempo mais curto possível.
Sem os adultos já saberem que meu tio montava a tal máquina naquele penhasco,
os dias se sucederam até que ela ficou pronta. Meu tio convidou a mim e aos primos
menores para presenciar sua experiência.
Antes, abriu a toalha e nos serviu um belo lanche, com carne de cabrito e
até vinho (acho que foi a primeira vez que experimentei).
Depois se arrumou todo, vestiu uma roupa especial, ajustou aquela armação de madeira
com tiras de couro, colocou as asas artificiais sobre os ombros, ajustou mais um pouco
e se dirigiu ao penhasco.
Contou até cinco. Avançou mais um pouco, até a beira, e contou até cinco
antes de saltar. Saltou e pegou um bom vento, que o foi levando para o alto.
Acenou-nos com um "tchau" lá de cima, foi ficando mais alto e distante de
nós, que não conseguíamos parar de olhar.
Foi ficando ainda mais longe, subindo, sumindo,
sumindo, até que sumiu de vez, no horizonte.

DEZ/07

pai e filho num hotel dentro do mar

Vinham os dois pela praia, meu pai e meu filho, de mãos dadas. Lá no alto já despontavam duas estrelas, uma acesa e clara, outra que mais parecia um túnel. Além de sol e lua, uma estrela grande e outra pequena.
Não muito longe passava um navio (eu que nunca andei de navio, nem imagino como ele é por dentro). Só sei que escurecia e preparamos os três uma fogueira com os restos da construção. Àquela altura, minha namorada já devia estar chegando. Eu a apresentaria a meu pai e depois ela brincaria com meu filho, enquanto com o avô deste eu pegaria todos os dados do roteiro para uma próxima missão intergaláctica.

Fazia frio e resolvemos acender logo a fogueira com o que já tínhamos, acompanhados no diálogo pelo som alto das ondas: estávamos calmos, os três. Eu nunca me esqueceria de gravar aquela música, que fizemos para explicar um pouco a tal missão, sem medo, só com os detalhes.

Chegou a amada e foi logo brincando:
— E aí xará, agitou um fogo… Não é assim não, assim ele vai apagar logo!

Eu e ela passeamos um pouco, fomos até as pedras. Ela me deu o braço e eu a abracei pelas costas Ela me fez pôr a mão em sua virilha e depois lambeu de leve o meu dedo. Perguntou da direção em que iríamos e mostrei a Alpha Centauro. Mentira, eu não sabia pra que lado estava Saturno.

Deitados na areia, ela me deu um beijo leve, gostoso, e fomos levantando aos poucos. Eu a abracei e a carreguei por uns dez metros. Meu filho ofereceu um pouco do peixe que tinha pescado e trouxe uma coca-cola. Foram ele e ela dar uma volta pela praia do outro lado, e então comecei a fazer anotações com meu pai. Ele olhou pra ilha em frente e começou a contar:

— Imagine que lá é como um túnel. Nossa presença seria a de um pêndulo que fizesse a bolinha percorrer por todo o interior. Há duas saídas, e a maior angústia é pela tensão de que esse movimento não se estagne, e que a bola jamais perca velocidade.

Explicou depois que toda aquela situação era semelhante à fuga por uma gruta, em que a hesitação entre voltar e continuar penetrando, sem se saber a distância, representava o grande pesadelo. Isso repercutiu em mim como uma ideia obscura, uma situação de perigo...

OUT/90

explicação

                     Também é possível interpretar: foram as três últimas gerações teoricamente ocupadas em desvendar o brilho que tiveram tempo necessário para possuir o tal fluxo. Riscadas com o arco e a flecha ao meio, guarneceram-se dos sensos e optaram pelo presente.
Eram noites de orgia, de super-homens e bat-moças, meias azuis e libélulas à volta, passo a passo. O brilho, calculadamente mais próximo, introduziu pela primeira vez a incógnita realista, sem esvaziar os dados.

                                                                AGO/91

neuras
do trânsito

Na sala de aula, a professora pediu e ele lia o poema
"Tudo vem de lá e nada havia antes":

Deitado naquela pedra
Imaginei uma faca
Vinda do céu em perpendicular
Na minha direção.

Só deu tempo de me virar de lado
E vê-la encravar-se no rochedo.

Como a maré subia
Tive de mergulhar
E para minha surpresa
Nadava ao lado de tubarões
Podendo respirar den' d' água.

Já lá na frente
Andei pelo mangue
Até enfim tropeçar: atolar minha cara
De novo den' d'água.

fiz força para sair
E quando enfim consegui
Olhei para o imenso céu azul. Foi então que acordei (o céu era real):
Notando que estava
No bagageiro daquele carro.

Ao mesmo tempo em que lia, ele teve a sensação de relembrar o início da mesma história. O herói indígena, espreguiçando-se na pedra em que está deitado, aproveita o que ainda lhe resta de sossego e prazer na pele provocado pelo calor solar. Mas quando se apaga o sonho e a ameaça de perigo já não é só no imaginário, o átimo de tempo, fração de segundo em que se movimenta para o lado, ocorre em exata sincronia com a necessidade de salvar-se, passando em seguida a aventurar-se e viver as calamidades de reconstruir o que se faz necessário para que haja uma civilização de amor no futuro...

 Ele se vira e a lança metálica cai exatamente no ponto em que estaria. Mas ele se virou e, portanto, viverá a necessidade de tomar decisões a cada tempo mínimo, como este primeiro em que o mar (mesmo que já avançado pelo continente) sobe e deixa apenas a pedra em que está. A partir daí ele irá mergulhar, levando à boca uma faca, talvez a mesma que percebeu quando ia cair...

De fato, no cinema ainda verá bem: no avatar que significa a possibilidade de um novo corpo, agora forte, de infindável agilidade principalmente para correr; como no sonho em que o exercício contínuo nunca cansava (e isso será explicitado no filme), como na realidade do dia agora passado, em que tudo era possível.

JAN/10

pausa
(para refletir)

Deve o leitor também refugiar-se nesta praia pura?
O que leva alguém a se dedicar à escrita e não poder viver aquilo que realmente gostaria? Na solidão amorosa, fruto da frustração por não estar com a pessoa amada, refugia-se na praia pura do pensar e registrar de seus pensamentos. Tece-os, é verdade, de modo que tenham sabor ao adentrar-se em um ser externo à sua problemática, vulgarmente conhecido como leitor.

    O leitor também deve estar alheio ao que gostaria, estar com a pessoa amada, e na melhor das hipóteses estará ao lado dela, aproveitando o tempo não necessário a saciar suas principais necessidades...

JUN/06

jesus v

Veio da boca de algum teólogo que na essência tudo que nos encanta também horroriza:
"Antes de você ser, Eu Sou", diz-se o índio identificado a Cristo por outros caminhos do desapego material. "Eu não tenho nada", diz, caracterizado pela pobreza "de marré" que ao mesmo tempo está repleta de Amor. "Amor da cabeça aos pés", justifica-se, pois é de onde irradia toda essa luz...

Jesus foi crucificado, não há como negar. Mas vamos dizer que o que chamamos de civilização tenha uns quinze mil anos. Bem no futuro, essa diferença entre o ano que começamos a contar pelo nascimento de Cristo e o início aproximado do sedentarismo, ou a forma aproximada de cidade, não será grande. Digo, a previsão de esgotamento das formas de vida por falta de energia solar, ou por cataclismos ainda não previstos, lança-se para mais de cinco bilhões de anos.

Geneticamente, a espécie humana é a mesma há cerca de 200 mil anos, mas poderá modificar-se e ainda assim haver civilização. Veja como é curioso pensarmos no ano 374.833 depois de Cristo. Quanta coisa terá mudado? Materialmente sim, mas não a paixão humana, nem animal...

JUN/06

histórias
do que houve por aí

1 – o templo
e a máquina do tempo [1]

Essa é velha. Era uma civilização tão avançada que tinha total conhecimento e gerenciamento de cada coisa, animal, planta, pedra utilizada em cada construção, mapeamento total das correntes de ar etc. Mas descobriu-se que havia determinado templo ao sul de um continente que não se sabia exatamente a causa da construção.

A civilização era tão avançada que inventou a máquina do tempo. Calculou-se a época da construção daquele templo e ela foi mandada para lá, a fim de desvendar o mistério. Vieram as primeiras imagens e só havia alguns nativos olhando a tal máquina do tempo, apontando lanças para ela. Recalcularam tudo e resolveram mandar a máquina para o outro lado do templo, alguns meses depois.

Também de lá só vieram imagens de nativos olhando para a máquina e apontando suas lanças. Depois de muitos cálculos, chegaram à conclusão: o templo tinha sido erguido em homenagem à máquina do tempo.

Pensa que isso é só brincadeira? Por que os nativos homenageariam aquela máquina? Por que ela representava a visita de uma civilização mais adiantada... Os deuses que homenageavam eram eles mesmos no futuro, o super-homem de Nietzsche, e no fundo eram os mesmos que seus ancestrais, já que o tempo é relativo.

---

1 "A Máquina do Templo, quer dizer, Tempo".

2 – o palácio e seu palhaço [2]

Essa é boba. Tão boba que tem um bobo da corte, ou bufão, mais com cara de palhaço. Cansado daquela vida sem graça que todos levavam, o tolo resolveu pregar uma peça e queimar uns panos para assustar todo mundo e depois dar risada do susto dos outros. Fez isso uma vez, duas vezes, e na terceira já ninguém ligou, rindo da cara de alarmado dele. Só que dessa vez ele não tinha mesmo conseguido apagar o fogo daqueles panos, começou a avisar que era de verdade, mas ninguém dava bola, todos começaram a rir, enquanto o palhaço desesperado tentava fugir e pedia socorro tentando sair daquele quarto.
Sei lá como termina essa história e se houve vítimas, mas a moral deve ser simples, com o palhaço naquela cama acordando todo mijado.

3 – a vela da velha [3]

A velha tinha uma fábrica e o macaco sempre ia lá para roubar as velas. Até que um dia a velha resolveu guardar no mesmo armário uma colmeia cheia de abelhas bravíssimas, loucas pra picar.
De galho em galho (cada um que era dele) o macaco chegou e não teve dúvida de abrir o armário para furtar algumas. Mas aí vieram as abelhas, ai! O macaco saiu todo picado!
Só que em vez de enfiar a viola no saco, ele quis se vingar: falou com outros macacos e alguns bichos do mato, fez tudo para não dar com os burros n' água. Entre esses bichos estava o cachorro, que tinha a si próprio para caçar, mas vivia arrependido de tanto morder o próprio rabo.
A velha percebeu tudo e acabou chamando a polícia, por causa daquele típico erro de lógica deles.

FEV/07 – DEZ/11

---

2 "Está me achando com cara de palácio, quer dizer, palhaço?"
3 "A bola e a bolha", "A cola que se escolha", "A tela e telha" etc. etc.

passagens de humor

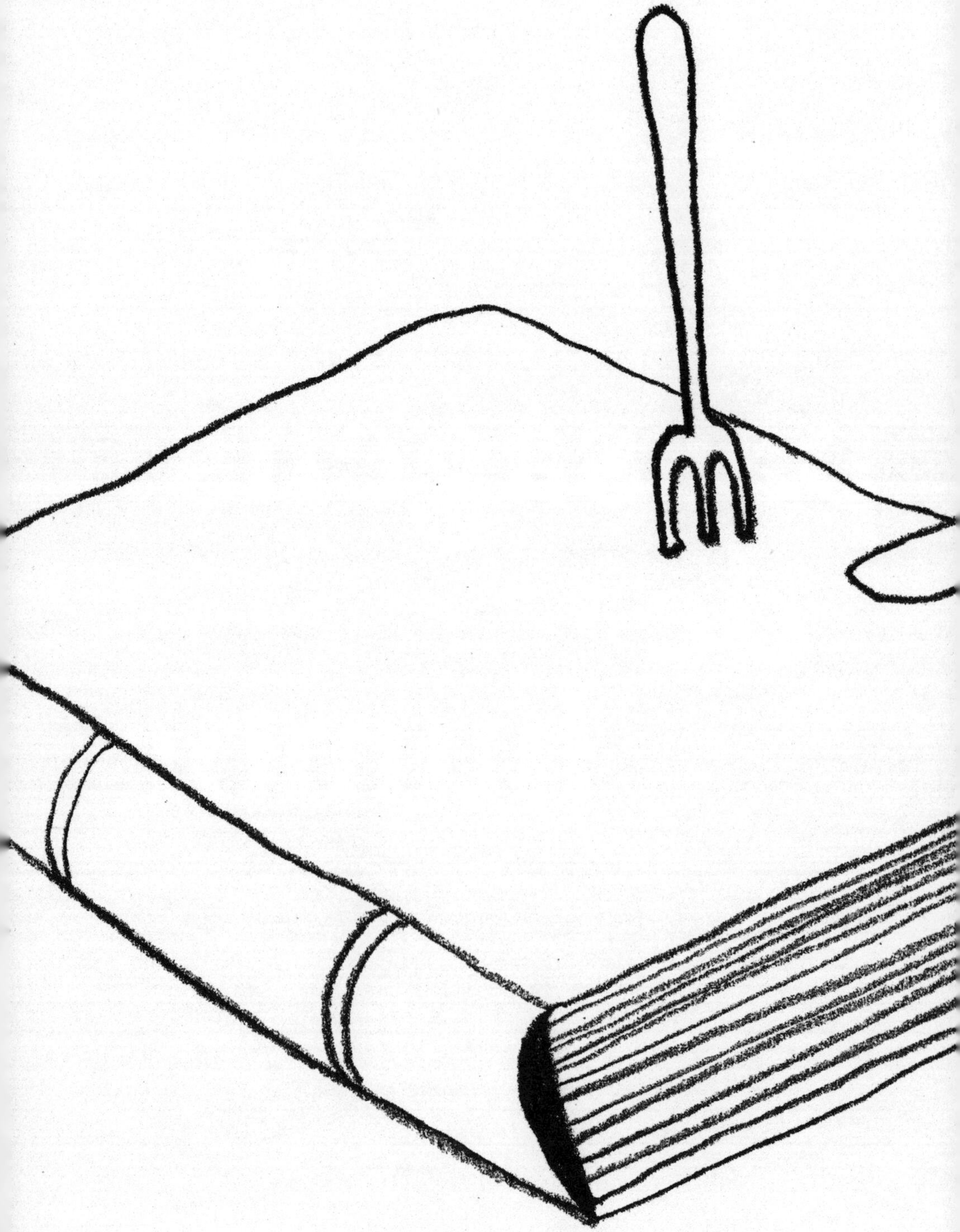

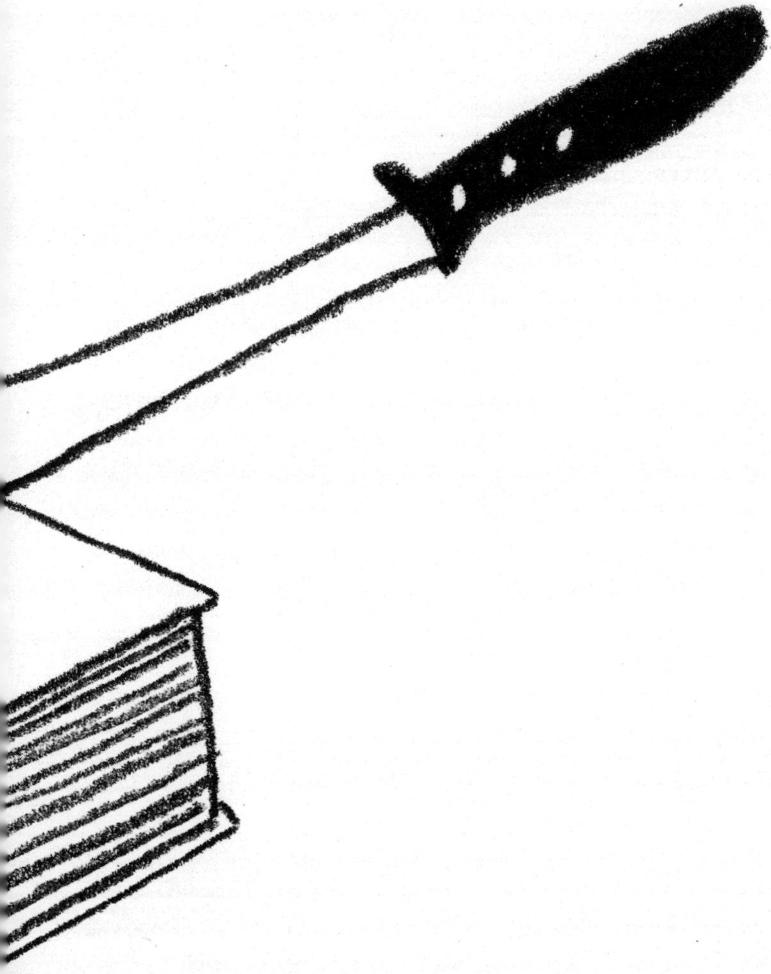

receitas nada a ver

1 – nó em pingo d'água

INGREDIENTES: uma tela de nylon, do tipo coador; uma teia de aranha fina ou fio de seda de lagarta; duas pinças; uma superfície de madeira; água corrente de rio.

PROCEDIMENTO: encha e esvazie o coador umas três vezes com a água de rio e deposite-o na tábua. Aperte e solte uma cinco vezes, para que água atravesse e volte pela tela, até ficar um pouco mais mole e pegajosa. Levante com cuidado o coador e fixe-o à beira de uma mesa com um livro, ou em outro local previamente preparado. Segure a teia com uma pinça em cada extremidade e aproxime-a lentamente das gotas que estão na tela, escolhendo a maior. Aproveite a tensão superficial do pingo e rodeie-o com uma das mãos até que a teia faça uma circunferência bem no centro da gota. Dê o nó e retire suavemente a teia. Está pronto.

2 – leite de pedra

INGREDIENTES: duas pedras esféricas de mais ou menos um quilo cada; uma bacia com água e sabão; um lugar ao sol, de incidência superior a seis horas.

PROCEDIMENTO: lave as duas pedras pela manhã, massageando-as bem. Enxugue-as por quinze minutos, intensificando a massagem. Depois de secas, continue a massagem por mais meia hora (concentrando-se na distinção de gênero entre elas) e deixe-as ao sol. Após seis horas, ao levantá-las observe se está úmido o local onde se apoiavam. Com uma seringa, misture os dois líquidos. Está pronto.

Obs.: dificilmente dá certo, mas cada par de pedras chegaria a produzir mais ou menos dois centímetros cúbicos de leite.

3 – tempestade em copo d'água

INGREDIENTES: água mineral ou de torneira suficiente para encher o copo; copo ou recipiente semelhante, ou em forma de vasilha, desde que caiba a mesma quantidade de água; mesa, cadeira ou quintal, enfim, qualquer lugar ao ar livre que possa acomodar o copo.

PROCEDIMENTO: em dia bem chuvoso, prepare o copo enchendo-o com a água devidamente providenciada. Coloque-o do lado de fora da casa ou apartamento de modo que a chuva possa incidir diretamente sobre ele. Está pronto.

4 – boi dormir

INGREDIENTES: animal bovino macho, castrado; livro especial de receitas dessas que não têm nada a ver...

PROCEDIMENTO: coloque-se ao lado do animal e com o livro passe a ler cada receita como se fosse... como se... como... (ai, que sono...).

E lembre-se: uma ideia engajada mata dois coelhos e é ainda melhor do que uma câmera voando da mão.

5 – podendo tirar o cavalinho da chuva

INGREDIENTES: muita pretensão, um pequeno caminhão, toneladas e toneladas de areia.

PROCEDIMENTO: em dia de tempestade (pode ser o mesmo da terceira receita), desamarre o caminhãozinho em forma de cavalo...

Etc.

NOV/91

teste

1– Assinale a alternativa certa
a) Na natureza a maioria das coisas está certa
b) Na natureza a maioria das coisas está errada
2 – Assinale agora a errada
a) Na natureza a maioria das coisas está certa
b) Na natureza a maioria das coisas está errada
3 – se você assinalou "a" e "a" ou "b" e "b" você está
a) Certo
b) Errado
4 – se você assinalou "a" e "b" ou "b" e "a" você está
a) Certo
b) Errado
5 – se nas questões 3 e 4 você assinalou "a" e "b" ou "b" e "a" você está
a) Certo
b) Errado

R: Este questionário não "coaduna" porque o julgamento depende da experiência de cada ser, ou de cada momento de um ser (se estatisticamente, entre seres humanos, passa-se mais tempo em pior ou melhor estado, isso também não quer dizer que a natureza esteja certa ou errada).
O erro (que traz acerto a essa resposta) está em que é possível o julgamento (de um ser individual) que dê empate: na natureza a maioria das coisas não seria certa nem errada. Dever-se-ia, então, deixar a prova em branco.

MAR/10

dicionário político

A – Anarquia
B – Bolchevique
C – Comunismo
D – Direita
E – Esquerda
F – Fascismo
G – Guilhotina
H – Holocausto
I – Infiltração
J – Jacobina
K – Karl
L – Lenin
M – Metralhadora
N – Nazismo nacionalista
O – Oposição a organizações criminosas
P – Perseguição, Paulada
Q – Queixa-crime
R – Retaliação
S – Sublevar
T – Tortura
U – Ultra-conservadorismo
V – Violência
W – Whig (partido liberal inglês), Watergate
X – Xingamento
Y – Yeltsin
Z – Zorra (zapatista)

sugestões para um dicionário (apolítico) de novos significados

(por grupo de palavras)

Alimentar = necessidade elementar
Carimpo = autorização para o garimbo

Cavalheiro = oficial de cavalharia
Cobrador = sofrimento rastejante
Equinócio = cavalo descansando

Experto = atualmente distante
Olaria = cumprimentos a rodo
Paraninfeta = jovem homenageada...
Parataxe = sinal feito com os braços

Banquete = banqueta onde é feito o croquete...
Consecutivo = conservador (conselheiro) seguido por executivo
Finlândia = terra do fim
Nova Zelândia = terra recém-adquirida por José

Why = jeito mineiro de questionar o porquê das coisas
Body = animal da família dos caprinos
                Aliviado = veado aonde?
                Jundiaí = junde aonde?

    Fenônimo = fenômeno anônimo
    Horrorível = horrorosa, terrível...

Adormortecida = mulher sonolenta em sentimento triste sobre o travesseiro...
Antônimo = santo que aproxima casais de gênios opostos

        Italianas = plantas trepadeiras que dão em muro de pedra (palavra tupi)

testezinho
(só mais um testinho, "coisa mínima")

questões básicas de matemática e português:

1 – Ângulos que "congruem" são:

a) Congruentes
b) "Côngrios"
c) Congratulações

2 – Leia o texto:

A lua sequer é planeta. Mas mesmo as estrelas, maiores e de rota infinita (se comparada à nossa existência), cabem, junto a ela, no reflexo de uma bacia, cuja água pode ser toda bebida por quatro ou cinco pessoas, depois de algum esporte. Esta seria apenas uma questão de ótica...

Escolha a alternativa:

a) A luz das estrelas nos chega defasada no tempo. Tudo o que vemos, na verdade, está imperceptivelmente (numa fração mínima, quando perto) defasado no tempo. Esta é a ilusão primeira.

b) Se algo orbita algo que está em órbita de algo que também está em órbita, e assim sucessivamente, quanto maior a órbita, menor o seu traçado.

c) Há exceção em as regras terem exceção.

d) Quatro ou cinco pessoas podem beber toda a água de uma bacia, exceto se ela for muita.

e) Os esportes dão sede.

NOV/97

novas aventuras de níquel

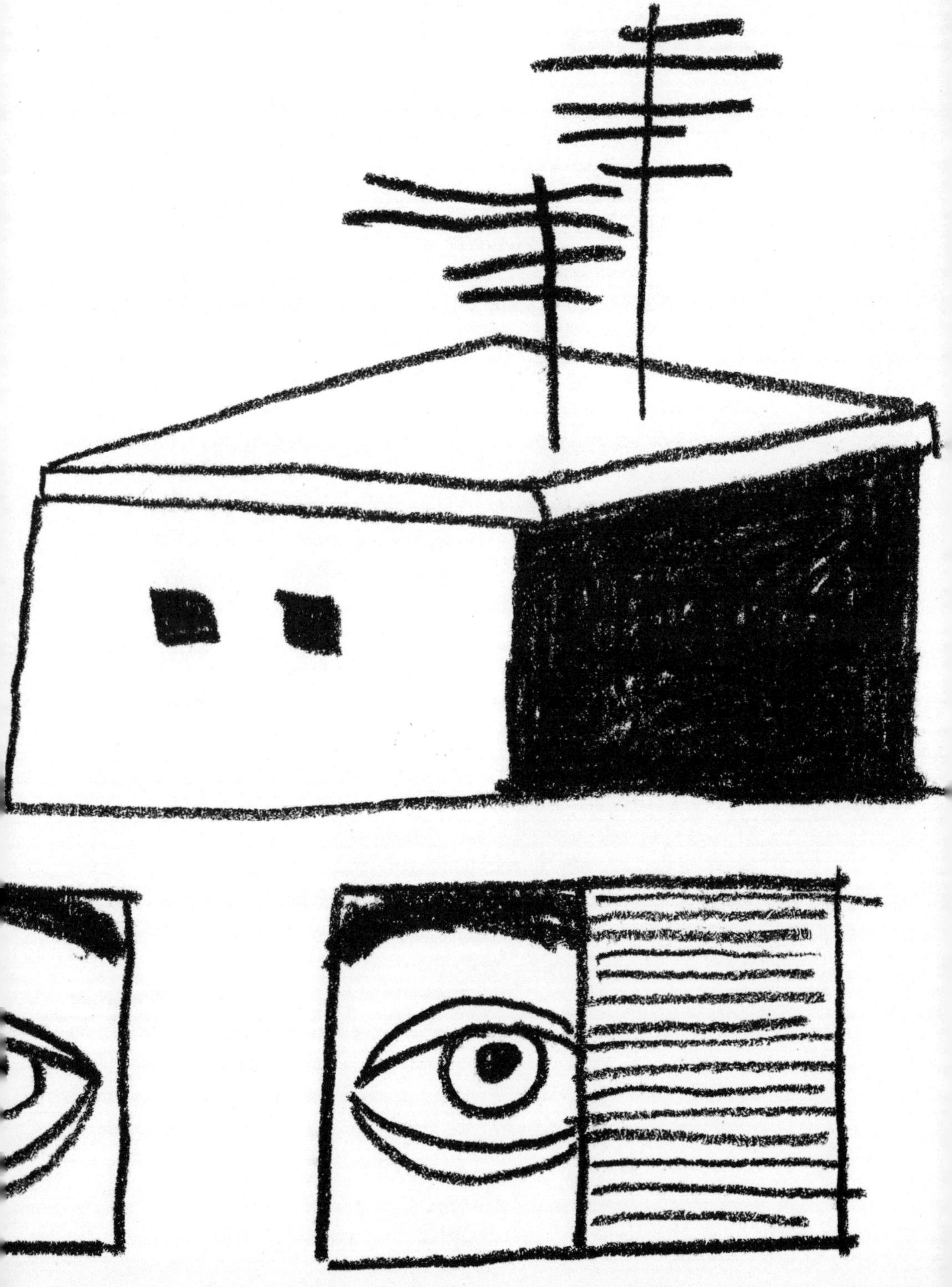

de volta ao retorno

Nas calçadas de São Paulo é possível caminhar de várias maneiras. Na escolha do trajeto, você deve evitar aquelas superlotadas, isto é, que servem às lojas de muito entra e sai. Quando o trajeto é longo, podem-se escolher caminhos que passem por bairros mais existenciais, digo, residenciais...

Seja o bairro rico ou pobre, haverá inevitavelmente uma coisa desagradável: quando o pensamento estiver relativamente equilibrado, voltado para uma ideia nova (ou para o otimismo em relação aos rumos do mundo), você será barbaramente assustado por um cachorro que estava à espreita, de trás de um portão ou grade, de qualquer residência ou loja. Ele agredirá seus ouvidos para convencê-lo de que seria capaz de cometer atrocidades contra você (por isso ele mostra os dentes), que, mesmo não tendo feito nada de errado (o passeio é público), passou a ser tratado como pessoa indesejada.

Pelo menos a maioria das pessoas não é super-tensa, não tem riscos imediatos de saúde, não vai transformar esse susto em causa de tragédia. Mas vai perder todos os pensamentos que estava tendo, principalmente por força da raiva. E vai ter um dia pior, expressar-se de mau humor nas pequenas coisas... Esse mau humor vai passar de pessoa em pessoa e deixar o mundo tomado de conflitos desnecessários.

O mesmo tipo de pessoa que acha normal ter um cachorro bravo na porta de sua casa, para agredir moralmente, pela violência dos latidos, qualquer transeunte (que, disfarçadamente, poderia portar venenos em forma de guloseimas caninas e responder a essa agressão), é o daquelas que passam horas do seu dia conduzindo veículos pelas ruas.

Já se vê: há muitos motoristas ruins, delinquentes e agressivos, como cachorros bravos que querem mostrar que só não cometem uma atrocidade maior porque estão presos a uma coleira (as leis) ou impedidos de atacar por causa de um portão ou muro (a polícia).

Os piores motoristas costumam escolher como veículo uma caminhonete grande e ameaçadora, e passam o tempo todo procurando oportunidades de serem desleais (furar fila, avançar farol, fazer contravenções quando não há guardas – ou há, porque muitos destes são corruptos e só repreendem os que se esforçam para não burlar as leis, por puro sadismo). Logo em seguida há todos os tipos de motoristas profissionais, que devem ter um recalque terrível dos que guiam sem ter isso como profissão. Os motoristas de ônibus e táxis são os piores, seguidos dos de veículos de firma e um pouco depois os particulares. Não têm a menor preocupação em prejudicar o trânsito como um todo. Pedestre? É o jogo deles: escolher o pedestre que possam assustar (como os cachorros), impedir de atravessar a rua etc. etc.

E para não ficar por isso mesmo, você pode fazer gestos de protesto e desejar que todos se fodam... Só que isso não vai melhorar quase nada. O seu segredo é o mundo interno: nele há toda a liberdade (mesmo que sofra agressões de latidos e outros ruídos) e não é preciso reinventar nem reivindicar nada.

A tempo: os homens são como bichos. Vistos de fora, os transeuntes que param para cumprimentar o conhecido são como os cães que se reconhecem, só que, em vez de se cheirarem, tocarem os focinhos e latirem, usam palavras como "e aí?", "como vai?" etc.

Nícol sabe de dois fenômenos de consequências parecidas, mas que têm causas diferentes: o primeiro é aquele em que as mãos são mais rápidas que o pensamento, de quando nos damos conta tardiamente de uma coisa que já está feita; o segundo é quando confundimos o que pensamos em fazer com o que realmente fizemos. Este segundo caso é mais interessante: mostra que a realidade imediatamente à volta, moldável por nossas mãos (quando não há impedimento dos outros), é praticamente um prolongamento do cérebro, isto é, do pensamento. Organizamos a realidade mentalmente e depois tratamos de adequá-la às possibilidades reais. Essa organização prévia, em pensamento, é a atitude que os arquitetos chamam de "projeto". E, talvez, o que os cineastas chamam de "roteiro".
Ele imagina o seu primeiro filme assim: há uma tomada do quarto e logo a personagem acorda. Ouve o barulho na pia, desce um pouco e senta na escada (amarra o tênis):

– Você chegou ontem?
– Agora há pouco, peguei o ônibus das seis.
– Está fazendo um café?
– É.

Ele a abraça, com um beijo na nuca. Aparece Seu Zé trazendo o leite e ela conta um pouco da matéria que escreveu sobre o Carnaval. Na trilha da floresta, fala mais um pouco... Mergulham os dois rapidamente no rio, nus. Eles namoram em uma pedra. Depois ele escreve...

> Hoje talvez Níquel dê aula (palavra que ele nota ser parecida com "aluna"). Não está com muita vontade, mas ensinar violão é fácil (o que fazer quando se tem à mão o certificado de conclusão de um curso de que ninguém mais sabe o trabalho que deu? certamente, não o que ele fez, que foi afastar-se aos poucos: começou a reparar que a amolação por parte da burocracia se estendeu do começo ao fim das matérias, deduzindo que o motivo era a sua idade).

Segue montando a história. Não quer mais parar nada pelo meio do caminho. Nem no amor, nem em nada. Só não quer ficar parado na vida, precisa trabalhar. O que é "prolixo?" É o que é muito longo, difuso; fastidioso (tedioso), enfadonho. O que, provavelmente, vai "pro lixo".

"surreal" ou quase

Depois de viajar a negócios, Nícol saiu do avião e pisou num ímã. Tinha comido frango às seis da manhã e estava ciente de que deveria manter o poder que o levara àquela cidade de muita religiosidade (basta lembrar a estátua do Cristo). "A chuva quando cai é para todos", ele pensava enquanto o avião tremia. "É como o vento, que não entende de fronteiras políticas." Apesar disso e para que se torne compreensível a história que agora vamos narrar, passa-se tudo ainda neste país (não muito especial) de nome Brasil, inspirador de tantos poetas e músicos (apenas para citar um, que se encaixa no espírito dessa consideração inicial, diz o Luís Melodia: "a luz do sol, a cor do mar não se fabrica", frase que lembra outro grande compositor, o poeta Jorge Benjor, quando fala de um "país tropical, abençoado por Deus"). Mas não em Sampa.

De uma festa que vem por aí, já se ouve ao longe o som de música ao vivo, tocada por músicos célebres, e se Nícol não é um deles, já esteve animando bailes e bares com seu contrabaixo, sua voz e alguns acordes de guitarra que são de músicas próprias. Gosta de escrever letras, e muitas fazem sucesso, pelo menos no seu pequeno meio, e, se quisesse, um dia reuniria todas as pessoas que conhecem suas músicas para gravar em um evento caseiro, talvez um disco voador.

São emoções esquecidas que de repente ele sente de volta, como quando vê passar uma bela mulher, e nela já não há mais nada além de lembranças, mas por seu riso, ou balançar de saia, um jeito nos cabelos, faz com que se derreta nos ossos, então se leva, faz de si o que quiser, como se aquela fosse um general e ele o soldado.

É mais do que nítida sua impressão de ter nascido neste país de nome Brasil. "Brasil" vem de brasa, porque o pau-brasil, avermelhado, parecia estar em chamas. Hoje somos conhecidos como a pátria devastadora e incendiária de florestas, o que justifica também o nome (ou, como escreveu certa vez..., *nas queimadas na Amazônia tem algo de predestinação, a ver com o nome do país*).

Nícol leu hoje que ninguém sabe ao certo se os humanos são descendentes de muitos ou de um único casal. Quando dizem que a evolução biológica é uniforme, pressupõe-se que seres de outros planetas seriam semelhantes a nós, com cinco dedos em cada mão, uma cabeça com olhos e cérebro, mas Nícol pensa que não é bem assim. Ele pensa que toda a humanidade descende de um único casal, que poderiam batizar de Adão e Eva, mas seriam uma espécie de macacos.

reatando o namoro

Ei-lo ali, entre bobo e prudente, aguardando o término de uma reunião que já dura sete horas, entre sua mulher (sim, a essas alturas Nícol já se casou, e incluiu em sua rotina algumas viagens de negócios ao Rio de Janeiro) e um tolo. Prudente porque ele mesmo não teria paciência de estar lá, ouvindo baboseiras e cantadas baratas, e bobo por permitir que ela faça isso com ele.

Acende mais um cigarro. Por causa da dúvida, deixou que apagasse sozinho antes de dar uma tragada. Acende de novo e estabelece: não pode haver revolta, raiva, ou causa para o fato de estar acendendo mais um. Ouve um som: está romântico consigo mesmo e descobre que o cigarro que acendera está quebrado. Como não está mesmo entendendo as outras coisas que estão se passando, acende outro. Também não sente o mesmo prazer que sentiu na noite anterior, mais pela hora que por ter tomado um copo de chope. Apaga-se novamente o cigarro recém-acendido e ele conclui que é consequência da umidade. Acende de novo e vê se agora muda de assunto...

O cigarro também é feito para excitar. Lembra-se de algo um pouco mais "picante" e dá a primeira tragada. Enquanto vai andando para casa (e ouve agora uma música que dá referência ao pensamento), lembra-se de quando ameaçou se masturbar, disfarçadamente, enquanto conversava com alguém ao telefone. Horrível, não? Pois é, horrível sim. Muitas coisas horríveis ele já fez. Agora pensa: a primeira vez que pensou em fazer isso ele já tinha a namorada?... Pergunta-se: por que desejava tantas mulheres? Não entende, ou sim, que sua vida afetiva era complicada, mas que um dia mudou, e foi naquela década. Por efeito da nicotina sente que o estômago já está aquietado e o seu desempenho solitário é maior, podendo sentir isso de cara: há de se trabalhar nisso...

Um bom médico será capaz de provar que toda a sua animosidade parte dele mesmo. Os seus conflitos, por mais ridículos que sejam, são interiores. Veja bem: ele estacionou o carro bem próximo ao da frente, e, quando voltou para pegá-lo, outro o havia prensado na parte de trás. Se ele não tivesse encostado naquele da frente, não haveria problema (é dessa maneira que ele entende a linguagem dos psiquiatras).

Nícol foi à casa de um amigo e assistiu de perto ao pesadelo de um homem (o tio desse amigo) enfurnado em casa, tendo relacionamentos de vivência emocional com as máquinas da casa. Percebeu que o barulho da descarga, ou o mau funcionamento desta, era parte importante no relacionamento deste homem com o mundo. E assim, os outros eletrodomésticos. Quando o sujeito ligou a TV, parecia esperar dela que refletisse o seu estado de ânimo, pela voz do locutor, palavras quaisquer (como quando as pessoas convivem e, umas às outras, espelham-se e dão noção do exterior, do ser visto de fora).

Nícol tinha uma certeza que para nós, leitores, talvez pareça estranha. Mas foi contado para os amigos que uma vez, em um de seus desenhos, tentou ilustrar o movimento de um gato que atravessava o corredor de um trem, desenhando o gato em três instantes, como para mostrar a relatividade do tempo. Ora, essa é uma questão de localização do observador. Se a velocidade do observador é outra, três instantes para ele poderiam ser considerados o mesmo. A luz, que voa à maior velocidade, ele argumenta, é também uma entidade, ou melhor, a matéria dispersa...

(agora sim, o namoro)

Tranquilo amor, belo dia, pelo que lhes fazem os corpos, de tesão correspondido. Será sempre uma beleza tê-la ainda mais de perto. A moçoila que é bonita lhe enfeitiça em bom sentido. Seu corpo é pura delícia de viver "emprazerado". Sua mulher será sempre uma menina gostosíssima e ele espera estar sempre ao lado dela. Mesmo embriagada, fumada, manteve a sensualidade. Agora ele sabe o quanto é bom ficar do lado dela, aproveitar, divertir-se com os outros e outras. É questão de se abrir para os momentos, não se deixar levar pela dúvida do que teria sido melhor. Estar atento e belo, engrandecer.

férias
sem a namorada

Andando na areia da praia ele se depara com um rabo de saia que pra aquela região é dos mais interessantes. Que tal conhecer a moça? Supõe que seja argentina... Não têm nada a perder, um e outro: longe dos namorados, pessoas amadas que são reais, podem praticar a fantasia de um casal perfeito, sem medos, rancores, comprometimentos morais etc.

> Ô maldito vício, esse do cigarro... Mas parece que sem ele, também não dá para aguentar essa falta de assunto: está tudo lindo, maravilhoso, acha que consegue viver sem desejar mais estar com Sofia (ou Ema), sem fazer planos com ela, nem ter ciúmes. Afinal, não é melhor ela estar com outro, tirando-lhe a responsabilidade de fazê-la feliz? Não, porque, ao fazê-la feliz, ele se sente muito melhor, e passa também a se mexer mais, porque há motivação. Há motivação até para procurar outra namorada (uma argentina, por exemplo...).

Era a segunda ou terceira mulher que ele via naquela praia e achava muito parecida com Sofia. O cabelo preto cobrindo o rosto, o corpo moreno e magro, era como das outras vezes, só que essa chegou à praia com o namorado e foi logo tirando a blusa, sem ter nada debaixo dela. O shortinho vermelho também combinava com Sofia, assim como os peitos certinhos e redondos, de bico pequeno (mas não dava para ver tão bem). Quis muito ver a cara dela, mas não dava, seria indiscrição olhar mais do que olhou. De costas, pelas pernas, não dava para se assegurar que não era a própria...

Sonhou que Ema (ou Sofia) virou sua namorada desde que nascera. De dentro da barriga o acompanhava nos exames de ingresso à faculdade e depois viu quando passou pelo pior. Mas só quando nasceu, pôde soprar o vento que se transformou em flechas amorosas vindas em sua direção. E foi assim que naquele instante um ser espacial lhe falou: "Empresta sua vida por dois anos, e depois a devolverei, com tudo mais organizado, bem de saúde etc.".

        Tudo de melhor que pensa, todas as graças que faz (de usar bem o cotonete, limpando o ouvido das asneiras que escuta), tudo tem vontade de contar a ela.

        Nícol gosta de outra música do Melodia, que diz... "quem anda – na areia – da praia – recebe – do vento – saudades – do seu a – mor".

Passou a observar as aulas de *windsurf* dadas por um conhecido ali do vilarejo. Viu que o instrutor levava a prancha na direção contrária ao vento do cais até a ponta da praia, para que o aluno fizesse o trajeto contrário, a favor do vento. Quando o instrutor foi novamente levar a prancha, apareceu uma bonitona, gostosa de praia, pedindo carona pra ele até a ponta. O instrutor levou-a atrás, como se fosse a garupa da moto ou do cavalo. No meio do caminho eles se desviaram em direção ao mangue, adentraram por trás das árvores e lá ficaram por cerca de 20 minutos. Fazendo o quê, exatamente, Nícol não sabe (nem imagina...).

vida solitária e paixão

De volta a São Paulo, não tendo como "desafogar o ganso", é instigado, mais uma vez, por cartazes de mulheres seminuas na banca de revista. Vem agora da padaria e basta olhar uma mulher magra e loira, de belos contornos na altura do quadril (que estava de frente), que lhe vem a lógica de dar uma tragada, engolir nicotina, tendo a sensação de que a vida é um eterno desejar de mulheres que não poderão lhe atender a necessidade, mas que ele admira assim mesmo, e deseja. Deseja? O seu desejo anda reprimido, já nem sabe há quanto tempo não faz amor...

Quando cai a chuva e percebem que seria uma bobagem se molhar, as pessoas costumam levar seus guarda-chuvas mesmo quando vão a lugares próximos. Às vezes os esquecem lá. Em casos assim, pede-se que alguém vá buscá-las, levando o tal guarda-chuva.

Nícol adoraria andar por aí de braços dados com aquela morena. Fosse ele a buscá-la, levaria para os lugares mais bonitos e cheios de sol, como a Bahia: "o mar e o amor feliz".

"travessuras"

Nícol queria fundar uma seita só para pessoas que trabalhassem em obra: "Santo Andaime". Era inspirada (achava bobagem copiar isso, mas enfim...) na "Seita do Nabo", inventada por uma amiga: pessoas que se comportassem bem durante o dia, quando chegasse a noite, deveriam encontrar um nabo de forma exatamente igual à sua cara. Elas deveriam então comer o tal nabo, mas tomando cuidado para não comer nabo dos outros (precisariam ter certeza de que aquele era o *seu* nabo).
Pensou também em montar um grupo de estudos sobre o futuro, que ia se chamar Estudos Unidos (acrescido de P. A., que quer dizer Produções Artísticas).

Mário se mostrava um verdadeiro amigo de Nícol. Ele havia lhe contado que faria de tudo pra se casar com Sofia. Ainda tomava o café quando chegou à padaria uma moça também muito bonita. Era jovem, bem formada, de cabelos lisos e bem cuidados, com o corpo esguio. A calça justa acentuava propositalmente as curvas, tinha cintura baixa, deixando espaço entre ela e a blusa, não sabe se amarrada, para dar destaque ao umbigo (ai, que umbigo!). O mais impressionante: a blusa era branca, quase transparente, dando impressão de que ela não usava sutiã e que o contorno do bico do peito tinha a volumetria tão definida que era como se ele *visse* o tal bico do peito. Não deu para esquecer logo.

Nícol saiu de lá tão aflito que não pôde resistir a falar com a moça que distribuía flores para promover um lançamento imobiliário.

cafajeste
igual a todos?

Pode não parecer, mas por trás das aparências, em sua fala íntima (e tímida), estão sonhos bonitos a se viver, reais, realidades de mar, areia, sexo (ou melhor, prazeres corporais) ao ar livre no Parque do Itatiaia etc. Mas quando percebeu seu delírio (mais que simples mal-entendido), não sabia onde enfiar a cara... Acabou por levá-la (sua cara) a visitar o ateliê de uma amiga, onde as pessoas demonstraram gostar muito dele, então pareceu tudo voltar ao normal.

Com uma dessas pessoas, o Douglas, foi até engraçado... Ele viu que Nícol ia fumar (porque pediu que o acompanhasse até o lado de fora) e quis também um cigarro (embora não fumasse, ou só o fizesse raramente). Quando Nícol foi fumar pela segunda vez, notou a ausência do isqueiro. Isso é típico dos fumantes: acender e guardar o isqueiro no bolso. Ele mesmo está agora com dois ali, vermelhos, um deles acha que pegou da Giselda (ele agora tem um caso com a Giselda, mas que está enrolado como cobra enrolada, acostumada ao predador, é o que dizem).

entremeios...

Dizia o Fabinho, seu livreiro preferido da Letras (o da Sociais era o Jairo) que o fundador de uma família próspera normalmente é ignorante. Atém-se ao primeiramente necessário, o capital, para só na geração seguinte a família ter condições de adquirir cultura. A cultura facilita a administração do capital, mas ela em si não é bem remunerada (a não ser para aqueles seletamente reconhecidos, por meio de aulas caras, palestras etc.). Ele almejava ainda ter uma clientela de novos-ricos, desses que compram livros a metro.

> Nícol sabe que ver a cidade de mais perto causa enorme decepção. A superpopulação não é culpa de ninguém, podendo-se ver, espremidas na multidão, inúmeras pessoas educadas e atenciosas. Como já disseram, por trás dos carros grandes, caminhonetes de vidros escuros, aí estão os verdadeiros vilões, agressivos no trânsito, ocupando duas vagas quando querem estacionar.

No banco, a nova gerente de Nícol, Fabiana, é uma simpatia. Ele, que anda se excitando até com fotos de revista ou na internet, não pode ver uma loira de corpo rechonchudo que já começa a fantasiar.

Mas o termo "lok" não se traduz simplesmente por "louco", pois carrega um significado próximo ao da palavra "otário", que por sua vez ganhou novo sentido na gíria baiana: não é simplesmente "o trouxa", mas aquele que em nome de sua pretensa malandragem quer aproveitar-se de uma suposta ingenuidade dos outros, que em verdade são mais malandros do que o dito cujo autor da safadeza.

> Ele gostou da gerente do banco, mas prefere outra mulher, Alice, que já deve ter quase a idade de Sofia. Por acaso, excitou-se ao vê-la, mas não, não teve qualquer desrespeito: muitos conseguem ter seus casos amorosos logo melhorados por relações carnais, e assim vão vivendo, sem que isso vire mito ou se transforme em carência quase intransponível (como é o caso dele nos últimos tempos, repetindo outras fases).

sinais de depressão? pânico?

Estranha noite. Acha que a transformação química se deu ainda no final da tarde, deixando-o assustado e temeroso, coisas de que estava bem longe na parte da manhã. Quando ia ligar para Sofia, já sentiu algo de estranho, voltando rápido da padaria como se estivesse atrasado para dar esse telefonema. De noite se assustou mais um pouco. Dormia, acordava, tinha sonhos meio confusos. Foi se agasalhando aos poucos, trocando a meia, colocando calça, casaco e enfim dormindo melhor. Mas logo cedo já queria levantar, tomar café e fumar um cigarro.

Não entende o que se dá, porque apesar das incertezas amorosas, em um balanço geral, as coisas caminham bem…

Depois desse dia teve uma noite bem dormida. Sentiu uma paz inacreditável naquela tarde de terça, ainda de dia, com um resto de sol. Estava tão numa boa que não quis arriscar de contar tudo para os amigos.

Já as amigas, talvez valesse a pena ele procurar… Mas elas pareciam mesmo ocupadas com seus novos trabalhos, uma mais séria, outra deslumbrada. Mesmo uma ex-namorada (Dina) ele procuraria, na esperança de fazer sexo gostoso naquele belo final de tarde. Mas ela sabe dessa vontade dele, e prefere (sendo a mesma opinião de muitas mulheres, e até de alguns homens) evitar o amor com quem se sabe que não ama mais. Sabe que Nícol a teria no colo agora, então não adianta sondar, ela vai dizer "não" e ele vai ficar com mais vontade, isso é triste…

Hoje Nícol acordou cedo de novo, por causa de um gato. O sono estava bom, só faltava mais um pouco para ter dormido bem. A reação a esse "azar" (depois do miado escandaloso, já se reparava em outros barulhos) foi sentir raiva, mesmo tentando lembrar-se de pessoas queridas, ao caminhar até a padaria... Ele sabe o que lhe faz falta, e que outra vantagem do sexo é minimizar todas essas coisas.

Feita a ginástica, permite-se o cigarro, até o dia em que diga não, que não precise desse sedativo que diminui sua ferocidade e potência. "Voraz" e "feroz" são palavras próximas, mas "feroz" vem de fera, que talvez nada tenha a ver com ferir.

"Vorazes e ferozes" podia ser o título de uma peça teatral qualquer. Ele, Nícol, quer mostrar que ainda tem interesse pelos artistas, pela arte e cultura, defende a educação como única saída para melhorar o país. Exalta-se e diz que um dia ainda teremos um novo governo que fará coisas úteis e melhorará a qualidade de vida, em "várias áreas" (ou por meio de "árias" variadas, pensa, já está dispersando...).

Defende-se e diz que não é mal dos homens só falarem de mulher, futebol e sexo, ou só de política (os menos capacitados), se pelo menos falarem numa boa, com humor, sem a maldade de algumas mulheres que tramam até golpes (epa..., não é o caso de Ema, nem de Sofia, nem de Dina, nem de Bruna ou Marlyn que, nunca é demais dizer, são mulheres fofas, inteligentes e leais).

(Esse papo de insônia também lhe lembrou Sônia, uma antiga conhecida, que Glauco Mattoso apelidou de "a gostosa". Coitada, porque agora já passou dos cinquenta, embora pareça, com boa vontade, não ter mais que trinta e tantos. É por isso que ainda faz sucesso entre os transeuntes dos bairros em que passeia na zona Oeste, com seus peitos enormes balançando pra fora do sutiã. Percebe-se o que se passa na cabeça de muitos que a veem: a ideia de que, apesar da idade, ela continua "comível").

rotina

Tudo certo: principalmente as compras (shorts, camisas, meias, calculadora, cordas de violão e guitarra) foram feitas no *timing* esperado, com estacionamentos fáceis, circulações na medida. Só se mostrou irritante, mais uma vez, conviver no trânsito com motoristas "espertinhos" (na maior parte aqueles que são profissionais, o que é triste).

Coloca agora um cigarro na boca, sem saber ao certo se é isso que quer...
Nícol morou uma época em apartamento. De seu quarto às vezes ouvia a voz de uma jovem vizinha, que devia ser no máximo universitária. Sempre se interessava pelo tom com que ela se expressava, embora mal ouvisse ou entendesse o que dizia. Por causa de uma vez que estavam no elevador e ele viu as pernas dela, demorou a esquecê-la...

Nícol sente agora um pouco de carinho pela moça que o atendeu na loja de roupas. Ela tem seu telefone, mas será que vai ligar? Quando vai vestir a tal roupa, e já é a segunda vez, ainda se lembra da moça...
"Sim, porque a moça da loja..." É verdade que quando se despediram rolou uma espécie de abraço, mas seus rostos não ficaram colados e, se houve alguma atração, ela podia ser ainda mais bem demonstrada...

Naquele apartamento ele tinha uma empregada engraçada, a quem os amigos deram o apelido de Kan (quem?). Antes de sair, ela fazia questão de ligar o alarme do fogão, porque sabia que, do jeito como estava instalado, não dava mesmo pra desligar. Então o "podrão" (seu patrão) chegava e se aborrecia com aquele som desagradável, de um ruído disparado, e não sabia o que fazer (até o dia em que desligou toda a parte elétrica do tal fogão). E claro, quando ela voltava dali a alguns dias, tudo já estava esquecido.

Da mesma maneira, Kan começou a se dar novas manias (ao menos na metade dos seus dias de diarista, quando Nícol estava lá) e gostou de fazer a mesma coisa com o alarme da geladeira, que até ser desligado exigiu muitos desgastes bobos. Quando Nícol precisou montar a estante, recebeu a visita de um grande amigo marceneiro, que foi lá só para dar uma força. Ela não tirava os olhos do rapaz, e depois deixou um bilhete que fez jus ao seu português atípico:
"Senhorito Níquel. Gostaria que o senhorito me gentilmente ultrapassasse o telefonema do sr. Marceneiro Fernando de Sobrenome que porora nãmealembro. Cordialmens, Frank".

o pai
de nícol está?

A se acreditar na intuição do poeta, o fim do mundo estaria localizado no Brasil, mais precisamente no Estado do Piauí. Foi lá que o pai de Nícol, Alê Chonette, se refugiou depois que parou de trabalhar em negócios próprios (antes, tinha passado pelo funcionalismo).

Certos temperamentos são de uma espécie de natureza formada pela experiência de cada um. Uma pessoa muito traumatizada – Níquel não vai dizer quem – estará sempre inquieta, angustiada, irritada e confusa pela vida afora, mesmo que rompa com todas as atividades que provoquem cansaço nela.

Já aposentado e sem necessidade de fazer nada, pois tem a renda garantida, o pai de Níquel começou a se irritar com os outros e consigo mesmo por causa do barulho da janela ou qualquer coisa do tipo. Então era melhor ter um motivo concreto para se cansar ("estressar", nas palavras dele): um desafio em que tivesse de submeter sua capacidade ao julgamento dos outros, e assim não teria como "se achar" o melhor, ou o que daria conta de tudo, porque na verdade não era tão fácil assim dar conta de uma pequena coisa chamada "trabalho".

Nícol encorajava o pai a montar um novo negócio, mas este ainda não se
sentia totalmente seguro ou preparado, sequer se decidira de todo por abandonar o cigarro, principalmente porque, morando naquela ilha, poderia
sentir-se insociável com os habitantes locais, quase todos fumantes...
Tinha também a questão de sua musa amável, com quem naquele momento estava impossibilitado de falar e não tinha certeza se ela também toparia romper com o vício. Em todo o
caso não fumaria por alguns dias, esperando encontrá-la e falar sobre o assunto.

Mais amplamente se via, a cada dia, o advir de um futuro
promissor em relação àquilo de que mais Alê (seu apelido,
mas o verdadeiro nome era Alonso) sentia falta: o labor.
No mais, sente que deve à musa, ou no mínimo ao que ela
significa para ele, muita esperança e emprenho (ato falho:
ele quis dizer "empenho").

O emprenho pode ser tudo ("emprenho", de novo!), digo, o empenho.
E para corrigir todos os atos falhos, desfeitos como lilás, digo, aliás,
decidiu-se a dedicar estudos ao "malapropismo", que é o cuidado com
a troca das palavras,[1] propositar ou não, porque às vezes acaba se dando
um significado ridículo para elas, só por causa da semelhança sonora.

– Lilás – disse Nícol, quando lhe perguntaram sobre
aquela cor de bronze que tinha o céu de fim de tarde
naquela ilha.

Agora é noite e ela parece extremamente romântica, então eles voltam a
fumar, sentindo as coisas como estavam acostumados (embora pretendam
mudar) e vendo que cada dia os leva mais próximo da grande realidade...
Nícol volta agora a ler seu livro.

---

[1] *malapropism* / ˈmæləpraːpizəm / ||| / ˈmæləpraːpizəm/ *n countable or uncountable* error cometido al confundir un vocablo con otro similar, esp cuando causa un efecto ridículo.

Aquela noite seria a primeira em que as tartarugas marinhas dormiriam do lado de fora da casa. Parecia ser mais uma daquelas verdades anunciadas a vinda de sua amada nas próximas dezoito horas. Amada esta que fez dele um romântico inconfundível, apesar de toda a literatura realista que fora obrigado a ler na faculdade. E a dar pontos: para ele o Realismo era simplesmente o outro lado da moeda, e não se vive sem ele.

 Parecia a noite de um dia qualquer, não fosse o início de um ano que para ele haveria de ser grandioso... Aliás, era parte da história que vinha sendo escrita desde o momento em que, virando-se a década, esteve com a irmã e o cunhado, mais a prima e o marido, numa fazenda especial, quando desejou que assim fosse a sua história, a de encontrar o grande e verdadeiro amor...

Sua irmã e o cunhado fariam a ponte, e a fazenda era do tipo daquelas, inconfundível, que não se compara a nenhuma outra, pelo menos em sua história pessoal. Sabe lá o que é namorar? É isso que ele realmente quer? Tem de se adaptar, esperar que os nervos se acostumem, até virar uma harmonia sem fim... (Nícol já quase dorme).

 De manhã, nuvens passam em branco e ele exagera, distraidamente, no fumo (mesmo longe de São Paulo, tem de telefonar, ir atrás de emprego):

 – Alô! É a Neda? Eu estou ligando para saber da minha situação, se continuo aí ou não. Não tenho problema de sair, mas caso fique, isso me poupa de procurar outras escolas.

– Sim, o meu intestino também funciona regularmente. Já dei o toque pelo que tinha esquecido. O meu instinto também funciona, é instintivo isso... Pensa o quê?

Nícol pensa ser uma loucura o que os japoneses faziam na época da guerra... Por algum mecanismo de submissão ilimitada, alguns pilotos de avião já saíam dos aeroportos conscientes da própria morte. Será possível que eles não tentavam fugir? Que eles tivessem tanto medo assim dos comandantes?

 Era bom que na cabeceira, ao lado do livro, havia também uma auréola, deixada pelo pai. Antes de dormir Nícol colocou-a por alguns minutos e pensou nas coisas realmente importantes da vida: ser bom no que se faz, para assim procurar ouvir de si as verdades mais óbvias, cuidar da saúde, dar porto seguro a quem se ama, aprofundar conhecimentos, ler.

Se pudesse ter mais domínio do corpo, não se importaria em acordar tarde. Quer dizer: em dormir tarde, porque acordaria cedo e faria trilhões de coisas.

 Antes de voltar para São Paulo, uma festa improvisada se deu como dádiva imprevista.

chatice

De volta a São Paulo, Nícol certamente não deveria ter dado corda àquele otário do banco. Foi o que mais o afligiu, desde que decidira sair de casa e cumprir as tarefas do dia. Ele ainda estava sensível e até lembrou-se do choro no teatro, vindo de novo aquela emoção... Se fosse um cara metido a esperto, até se vangloriaria das coisas que falou ao vendedor. Mas não, foi uma besteira... Tendo a cabeça tão em ordem, precisou sentir aquele mau-hálito, gastar-se em idiotice à toa. Que se foda! E a raiva foi aumentando, com as pobrezas de espírito de um dos vizinhos, tão à toa, e ele não precisava se irritar tanto.

Tinha muita coisa para lembrar, mesmo quando saía do lava-rápido, mas agora não. Naquela hora pensou em Sofia, seu amor, mesmo não tão seguro do que iria rolar naqueles dias de feriado. Mas às vezes ele pensava: "Que merda a faculdade, e que bom ter saído dela!".

(E agora? Esperar parar o susto: decisão imperfeita do que de perfeito nunca haveria. Ganhar ou perder não se aplica a um caso desses. Em ambos se perde e ganha alguma coisa, provavelmente o que não se queria. Agora é deixar rolar pra ver o que sobra, certamente mais nada que se espere desse carinho impreciso.

Sim, ele ficou tocado por essa história, pelo que se passa dentro de si em relação a ela, pela segunda vez em situação quase igual, pelo mesmo motivo).

Naquela manhã de domingo resolveu fazer o que muitos paulistanos fazem: piquenique solitário à beira do jardim, começando por ler jornal, especialmente os cadernos de cultura. Deparou com aquele "poeta" (pelo menos os pelos na mão dizem que tem algo de poeta) metido a teórico:

"Fomos colonizados por uma nação medíocre, que só tinha de bonita a língua. Mas com a Independência pudemos usufruir o que eles, interesseiramente, conseguiram com tanto esforço: um vasto território, de rara uniformidade linguística".

Ai, ai, mas vamos tentar entendê-lo por outra frase:

"Em sua ânsia de sofrer, cunharam as palavras 'saudades', 'adeus' como em nenhuma outra língua. Nenhuma outra língua valorizou tanto a tristeza".

Nícol sabe que é tudo mentira. Que em matéria de masoquismo (ou qualquer outra), todos os povos são iguais. Portugueses não se autoflagelavam com chibatadas nas costas, não se suicidavam tanto quanto os japoneses, tudo são fases e arquétipos humanos. Dentro de uma mesma vida, muitas encarnações. Não se prende a estudos que não sejam histórico-científicos. São todos vagos. A reencarnação não o seduz, embora possa ser verdade. Não se apega a isso, a nada que é superficial, pois já há muitas coisas materiais a serem desenvolvidas.

Mesmo que se diga que há tantos descendentes de índios espalhados na população de baixa renda, a cultura nativa foi dizimada como pouco se conhece na história de mil anos para cá. E o que são mil anos? Os gregos não foram dizimados? "Os autóctones de tantos lugares?" Tantas espécies de animais e plantas não foram substituídas nos processos de invasão?

Nícol também sofreu quando de tarde ligou a televisão e viu serem entrevistados aqueles caras que ele conheceu nos tempos de músico, tocando no mesmo bar. Na época eles tocavam muito pouco, mas música se aprende, e os caras ficaram famosos depois que o irmão de um deles conseguiu os canais de divulgação em um grande jornal.

Ouviu um pouco da entrevista e não aguentou, tamanha a demagogia: "A gente toca com sentimento". Pensou que até para escovar os dentes os caras deviam ser sensíveis...

deixa pra lá

No novo emprego, Nícol gostou principalmente de Oliveira, que foi muito solícito com ele. Também de Leila, a biscoituda, viu que valia a pena gostar... Meio maluco era o Tiago, que veio falando de uma cidade (e não conseguia sequer especificar o país) em que as mulheres não só se ofereciam, como pediam para ser comidas. Muito diferente daquela, em que Níquel se sentia vivendo ainda um grande drama.

Teve uma época em que aceitou o convite para participar de uma agência de relacionamentos. Suas cantadas pela internet nunca deram certo, embora pudesse fantasiar à vontade o seu próprio ser:

Docinho. Temos sim, muita coisa em comum: faço engenharia, gosto da Alemanha e também pretendo viajar para lá nos próximos anos. Às vezes consulto a Bíblia: o catolicismo até certo ponto me interessa, mas não costumo participar de cultos... Se estiver à vontade, podemos nos corresponder. Beijos, Vlad Woostock

Outra:

Sica. Li suas respostas e já sei tudo de você. Ou melhor, não sei nada, nem você de mim. É pura brincadeira achar que uma pessoa anônima pode consertar os erros de outra que é conhecida. Então vamos brincar. Ou não. Em todo o caso, boa sorte.

Aos poucos ele pôde transferir sua necessidade de escrever e-mails carinhosos para uma tal Márcia, que também conheceu naquela agência:

O autor destas mal traçadas (eu) vê em Luana (você) a coisa mais linda que poderia existir na natureza deste planeta. Sabe que sua opinião é compartilhada por milhões de pessoas: a de que, além de linda, você é uma mulher ultrainteligente, batalhadora e legal. Por essas e outras é que sou seu fã incondicional há mais de dez anos, desejando-lhe toda a sorte no mundo, sucesso em todas as áreas e no que queira fazer...

Passou algum tempo e ele recebeu outra proposta: "Caro Nícol. Você foi especialmente selecionado para desfrutar gratuitamente do *intentions*, o melhor site de acompanhantes de luxo da internet... O *intentions* é um site internacional e está selecionando apenas pessoas de padrão intelectual alto como você, para participar de um serviço de qualidade e segurança, apresentando as modelos mais lindas da internet".

ora, pois...

Nícol descobriu que gosta muito de alcachofra, que tem aquela carninha na ponta da folha, molhada em molho de azeite, vinagre e shoyu, ou mostarda. Nhum, nhum, nhum... (como já disseram em algum filme, lembra uma mulher que, depois de dar algum trabalhinho, permite que você finalmente lhe chegue ao coração).

Níquel se desentende com a namorada ao telefone e diz que é óbvio, ululante, que ela encontrará erros em suas colocações desatentas, mas que havia sim da parte dele boas intenções (também encontradas aos montes entre pecadores condenados, ele sabe...).

Mas depois usou o *background* dos beijos na noite anterior (Por que essa palavra inglesa? Ele acha que pra nada...).

Essa nova namorada, esquecemos de apresentar, chama-se Guiomar, e ele conheceu no trabalho. Apesar do nome, ela até guiava bem, levando Níquel de carro para vários lugares.

Mas era muito desligada.

Mais tarde ela o visitou e já era a quinta vez que Nícol tentava se concentrar em uma história que andava escrevendo. Ela, sua namorada (de nome Guiomar, como dissemos), passou a interrompê-lo o tempo todo, fazendo questão de mostrar uma coisa "engraçadinha" (agora foi no I-phone, mas também foi na revista, na programação de tv). Está bem, ele não precisa mais escrever por hoje, vão logo ao cinema...

Nessa hora Nícol bolou uma teoria: ser mais relaxada seria da natureza das mulheres, que são especializadas em beleza. Por isso não inventam nada, não se envolvem em nada que exija maior concentração. Sim, também há o caso daquelas que são acadêmicas, ou mesmo empresárias, mas em geral, elas se especializam em estética: são mais capazes do que os homens de produzir uma bela foto (Gisele Bünchen, por exemplo, é imbatível).

Mas também entende o que elas sentem quando acham que todos os homens estão errados. E sobre parecerem iguais, talvez eles sejam mesmo, sempre o mesmo, de fato: o único que está no imaginário delas, ou seja, o pai.

recaída boba

Faz tempo que Nícol não cai em papo de malandro:
– Você viu o Mário?
– Saiu com o Alex.
– Que Alex?
– Aquele que o "comeu" em um armário duplex...
O amigo até ficou sem graça e ele, de tão arrogante, não se conteve... Acabou ouvindo:
– Nossa! Você continua... continua igualzinho: uma porta em matéria de inteligência...

No fim da noite, quando o dia já amanhece, a cidade está mais calma. Mas ele não pode se livrar da ignorância assim sem mais, de uma hora para outra.
Só mais tarde ele se tocou. E naquela hora em que levantou da cama foi para ver o mundo de outro ângulo.

bons ventos

Uma mulher realmente bonita estava no parque. Eram duas, mas a que depois saiu no carro talvez fosse muito jovem, nunca se apaixonaria por ele. Três, se contar a amiga da que ia à academia, pelo seu contorno e dando para ver os bicos de seio pelo volume abaixo da camiseta. Mas a primeira delas, com sua calcinha preta baixa, por baixo de um colã também todo preto (a primeira coisa que dava para notar era a sua volumetria), usando preto até nos óculos, combinando com o cabelo, aquela era a verdadeira gostosa, sim, que ele tinha vontade de namorar.

Para uma mulher dessas, Níquel diria uma frase boba, mas que pareceria messiânica, se imitasse bem o sotaque nordestino: "As coisas nunca são as mesmas, embora sejam uma só"; ou melhor, " Todas as coisas são uma só, mas não são as mesmas", "Todas as coisas são a mesma, embora não sejam uma só".

Por força do desenho que queria fazer, Nícol resolveu estudar geometria. Não sabe se o livro está certo, pois acha muito chula a palavra escolhida pelo tradutor para definir polígonos de dez lados. Eles seriam "decagônicos". Também acha de mau gosto o palavreado usado nos telejornais, quando falam em pibs de um milhão, um bilhão, um trilhão, um tetralhão, um pentalhão...

Na época em que Nícol pensou em se meter em política, chegou mesmo a escrever um artigo. Era parte do livro que ia se chamar *A política das nações à venda*.

Foi ainda na adolescência que Nícol ganhou aquele apelido, Níquel, como parte de uma brincadeira. Era ao mesmo tempo uma referência ao rato e ao "troquinho" (níquel *back*), de quando passou por um pequeno (e ao mesmo tempo enorme) problema.

Nícol gostava muito de andar a pé, e em algumas horas tinha de desviar a trajetória por causa dos lixos na calçada. Não muito distante da avenida que ele precisava atravessar todos os dias, as esquinas eram tomadas de macumbas, dessas feias, com alimentos já em estado de putrefação.

Níquel tentou assistir ao *show* de uma grande (e bonita) cantora carioca. Não tinha mais ingressos e já estava indo embora, mas encontrou no pátio um baterista que era muito amigo dela, e foi levado para a fila dos convidados.
Obviamente ele não tinha os convites. Quando chegou à entrada, encostou-se à catraca e a mocinha lhe perguntou:
– Convidado de quem?
– Ami Retirar...

Nícol finge para si mesmo que já conquistou "mulheres aos milhares", as "melhores mulheres", sempre aos milhares. A cada fora que toma, ele pensa: "Existem milhares de mulheres melhores que ela...". Ou, "Mulheres existem aos milhares; algumas até melhores". Nícol entende a coisa de forma poética...
É por isso que, quando está concentrado para escrever o livro, tudo é erótico: primeiro faz a introdução, depois desenvolve aquela colocação e só então vai penetrando o assunto...

Nícol tenta falar com ela, mas o telefone não ajuda. O primeiro celular ele esperou até "desmilinguir" de vez. Será que é o mesmo caso deste? Melhor trocar antes?
Lembra de novo que na faculdade disseram que ele tinha jeito para propaganda. Então pensa: "Dengue com mosquito se pega"; "carinho com beijo se afaga" ("goiabada com queijo também").

Ainda se lembra de outro encontro casual (ou causal) na padaria, da moça bonita, de olhos lindos, roupa bonita (shorts de ginástica). Ela não teve repúdio pelo desconhecido, poderiam até ficar amigos, quem sabe casar? Isso teria uma probabilidade mínima, quase impossível, mas não irreal.
Também viu aquela conhecida, Júlia, nas cercanias da padaria. Parecia muito com sua prima, e por isso ele tinha motivos de sobra para olhar. Porém, essa tal de Júlia era esnobe e talvez estranha (namorava um cara bem bundão). Nícol já tinha cada vez menos paciência de falar com ela, e hoje não está para brincadeira!
Ainda na volta a pé, chegou a estar triste por não ter cumprimentado o casal de pombos apaixonados, namorando em plena praça, como um simpático "ê felicidade!"... Mas ao menos rolou o sorriso bem-humorado da moça.

Nícol imagina um super-homem que interviesse nas estupidezes do trânsito (e da política)... O das histórias em quadrinho, pelo jeito, era pouco intervencionista (ou não pararia de interceder em prol dos inocentes). Omisso? Acha que chegou à sábia conclusão de que, se ficasse corrigindo todos os problemas da humanidade, esta não caminharia por si...

Também pensa que o que se busca na religião é o esclarecimento das coisas. Mas é provável que não, nunca haja esse esclarecimento, uma vez que foi inventado o tempo e que as pessoas e coisas, ou melhor, os seres, mudam ao longo dele.

O que em essência ele seria ou era na infância pode não estar preservado em nenhum lugar, em nenhum departamento do seu ser. Sofreu injustiças? Que conceito é esse? Se desse pra medir alguma coisa do que não é possível falar, ele seria mais bem compreendido.

Continua a filosofar: "Pode-se pensar que só existe o presente, sendo os outros tempos o seu prolongamento dentro da memória ou abstração; mas também que ele não existe, que seria só um ponto de equilíbrio, abstrato, entre o passado e o futuro".

Imagina que o seu filme (ou peça, aquele do seu Zé) vai fazer sucesso e ele vai poder discursar: "Quero agradecer primeiramente a uma mulher que 'como sempre'... está do meu lado".

Depois ele sonhou uma "piada" (ou "sacação") com o prêmio de uma pequena estatueta em que era moldado em metal (será que de bronze?) um bonito seio. O nome do prêmio (fazendo jus a troféus paródicos do tipo "joinha", "joinha mutante" e "joinha mutante que explode") era: "a despeito de tudo".

Desse sonho ele não conseguiu lembrar muito mais do que isso, mas anda mesmo filosofando: imagina que cada sonho que temos é fragmento de um sonho maior, inteiro, com começo, meio e fim. Sim, porque antes de existirmos já existia o nosso sonho, e, como ele é formulado com base em fatos reais, já existiam os fatos reais...

Naquele dia de setembro, às 6h20, ele saltou da cama, achando que fossem 7h20. Era aniverário dela, sua nova musa, e ele então deixou recado: "Flor linda, parabéns e tomara que um dia você me descubra e aprenda a gostar".

Nícol não tem certeza de nada, por isso nunca apelou às "forças do bem" (nem às da "maldade também").

Sofia ganhou uma cachorrinha e deixou que Nícol escolhesse o nome. A cachorrinha ficou famosa depois que aprendeu a falar e foi entrevistada:
— Nome?
— Yama.
— Yama de onde?
— De Miami.
— O que você gosta de comer, Yama?
— Inhame.
— Você me ama, Yama de Miami?
— Nham… Nham…

deu um pulo no passado

Como se o tempo nunca tivesse esgotado, Níquel esteve na escola em que mais deu aulas. Ofereceu seus serviços como se não conhecesse ninguém e, de fato, parecia um novo lugar, as pessoas eram outras.

Na entrevista, a coordenadora se mostrou muito pretensiosa, querendo ensinar a ele coisas de literatura:

– Você já leu *O Sargento das Malícias*?
– ?!?
– O que você sabe sobre Machado de Assis?
– Foi quem castrou Alves?

Nícol entrou na brincadeira, pois foi assim que entendeu e soube aproveitar a piada, mas sabe que essa não é dele, "essa é de Queiroz". Sim, o Eça, de quem leu na faculdade o livro *A relíquia*, podendo entender que há moral para tudo, até para uma situação como essa: a moral de que "A vida é uma calcinha de surpresas".

de
tanto representar...

Nícol treina a prosa, a vida, procura se acertar. Esquece-se de dizer certas coisas, diz outras fora de hora, enfim, leva-se cada momento, com a única certeza de estar batalhando pelo que se quer.

Continua tendo preguiça de sair, mas dessa vez conheceu uma mulher lindíssima, também atriz. Quis acreditar que as atrizes são as mais belas mulheres, entregues a paixões, desafiando a decaída, umas não se confrontam, outras sim. Umas são belas, outras não.

Só se decepcionou quando foi ao ensaio e viu toda aquela bajulação em cima do diretor, que não passava de um canalha. Depois que esteve horas sozinho, naquele canto de sala, ela finalmente veio falar com ele.

Saíram os dois juntos e escolheram um lugar para jantar. Enquanto a comida não vinha, ela lhe indagou sobre a chateação de ficar tanto tempo ali na espera. Foi a oportunidade de se mostrar sofisticado, como quem sabe falar difícil e evita dizer que teve "uma bruta duma *reiva*". Comentou apenas ter ficado "imensamente descontente".

(Em pensamento ele falou coisas horríveis daquele cara, que lhe lembrou o falso antropólogo ao citar uma suposta "característica comum a certas culturas" de fazer suas necessidades junto à porta... Ora, o cara não era apenas racista, aquilo não era só brincadeira! Pareceu repetir-se a cada fala, na razão de suas ignorâncias – em especial a vulgaridade de uma ideia revanchista e violenta, travestida de correta. Nícol sabe que isso não corresponde ao que pensa, fere o respeito que sempre teve por amigos de diversas crenças e origens).

Se pudesse, perceberia que, mesmo havendo verdades em sua preocupação, não adiantava alterar-se. Saberia que, se não fosse com aquele, seria com outro. Saberia a verdade da realidade dela. Tentou escrever uma carta, mas antes que concluísse, ela mostrou a carta de outro, um ex-namorado... Deu pra ver que para ela os homens continuavam iguais:

Ai, meu anjo, você tem um umbigo tão grande. Cuida para não cristalizar personagens, principalmente aquela da pirulona que adora um rompimento. Sinto, mas não é só questão de direção, o texto é fraco. Sinto, mas parece que você se esqueceu das invasões que explodiam fogão e liquidificador. Sinto, mas trabalhar praticamente de graça, tirando a roupa, dando beijo em cena num covarde, é demais. Simpatizar com as bruxas e bruxarias, que fazem chorar crianças que nunca ouviram falar em bruxas, é descuido. Mas eu me cuido e prometo cuidar de você. É só você também me amar. Prometo amá-la de todo o coração.

Logo viu que não daria certo. Nada do que ele dissesse colaria e ainda por cima ficaria com essa fama, ou pecha, de porco ciumento.

Não dava para disfarçar de si mesmo o incômodo que passava com aquela "turma" formada só pelos tempos de *workshop*, em que eles tinham de fazer juntos todos os programas. Mas estava tudo normal, até que ele encontrou na rua o amiguinho usando a camiseta que ele emprestara para ela.

Que confusão! Um abalo emocional – ciúmes – foi esquentando por dentro até ele ficar triste, muito triste, mesmo. Se parasse para pensar, estava tudo certo, mas ele não. É normal emprestar o computador, o carro, o aparelho de som, mas só para a namorada.

Talvez eles ainda estivessem apaixonados, por que não? Outro dia iam dormir separados, mas ela ligou e ele foi até lá. No dia seguinte ela deu prova do seu amor. Mas antes disso, ele estava puto... Agora, tem mil histórias de amor para contar.

Ciúmes da profissão dela? Ainda bem que não bebeu (isso foi importante).

Mas por que ele começou a ficar enciumado? Porque, a cada vez que ela voltava do novo ensaio, tinha de ouvir os altos elogios que fazia ao diretor... Era para construir uma cena e ela fez assim: punha a cabeça (agora ele se lembra, era um monstro de cauda enorme) entre as pernas do ator e fazia movimentos de boca e língua, olhando para cima. Mais tarde, o diretor contou que na cidade dele era comum, no feriado, as pessoas se abrirem para novas relações sexuais. E ela elogiou muito o cara, contando que aprendeu a chorar de verdade em cena.

    Então veio o encontro com o grupo, a embriaguez na madrugada para que as pessoas se conhecessem melhor, e no mesmo dia o aviso de que ela viajaria com o grupo, para um sítio, para que desenvolvessem o convívio. Depois explicou a Nícol que levaria uma amiga de confiança, e que talvez ele mesmo, Nícol, pudesse ir. Mas Nícol explicou que, se não fosse trabalhar no fim de semana, preferia ir ao estádio.

> Mais uma vez ele se vê angustiado. Ela é sincera quando diz que o ama, e é super-normal que às vezes não se queira transar. Qual a relação? Sexual. Não disfarça o que lhe faz a cabeça.

Uma pequena pausa: na respiração composta de três tempos, o terceiro é a pausa. Agora tem muitas lembranças enquanto vê o álbum de fotografias. Antes de se queixar dos próprios erros, agradece a si mesmo pelo que foi alcançado: a capacidade de respirar; e fazer isso aliviado é muito bonito, talvez a mais bela cena de um filme qualquer.

> Nícol respira aliviado porque agora vai ver seu time e porque gosta de Rebeca e Fernanda. As nuvens negras do ciúme, importantes no dia de ontem, hoje darão lugar à clarividência. Clarividência como aquela do cantor baiano, vendo-os do palco e não olhando para mais ninguém, Nícol sabe o porquê daquilo... Ele sente que ama a Fê, e que está "mais vivo de vida mais vivida, dividida pra lá e pra cá".

Quando finalmente volta para casa abre suas asas para um romance ecológico. Bate um sol que ele sente dali, mas é melhor ir até a varanda e senti-lo na pele.

reação

Como um animal que mija, Nícol se levantou da mesa para não prestar atenção na conversa sobre o diretor. Foi flagrado que o papo não lhe interessava; marcar seu território, sim. Ele pensa que quando tiverem a casa deles, aí "tudo bem". Ouviu isso da boca dela, na noite anterior. Mas ele estava com muitos ciúmes. Ciúmes porque deixava de fazer suas coisas para se encontrar com ela, querendo o amor dela (mas não sabe dizer se estava morrendo de amores, já que uma pessoa enciumada é menos sensível), e aí ela ainda não estava disponível, pois o trabalho era coletivo, não dependendo só dela o momento de parar. Ele ainda estava aflito, porque ainda não tinha rendido o que podia, adiava o trabalho por causa do amor. Mas ainda a amava, cada vez mais, podendo pensar melhor.

Níquel sonhou que atravessava um corredor e era como se descesse pelas escadas de um prédio. Procurou um telefone e só conseguiu ouvir um pequeno sinal. Algo começou a explodir e ele então pôde bater asas, indo para outro lugar.

Nícol não tem mais tempo e nada a perder: reúne os cacos e os cola, um a um. Pensa sobre tudo que se possa remendar e remediar, para que tenha ainda uma vida digna (mas sem esperar resultados imediatos). Pensa que não, que é pouco provável uma guinada desse tipo, de surgimento do nada de outra mulher fabulosa que faça tudo entrar nos trilhos e no eixo escolhido, ajudando-o a superar todos os vícios de uma hora para outra.

Depois da "terceira galáxia", a vida vira besta e ele não acredita mais em nada. Nem tem olhos para ver a loira que se dirige agora para o ponto de ônibus (bonita, de calça preta e barriga de fora). Nem para ver, sem querer, na internet, duas mulheres atraentes e até bonitas, que fazem amor por dinheiro...

final

Nícol não sabe se inventou essa piada ou leu em algum lugar (no jornal *Planta do Planeta*, talvez): "o I. P. P. A. (Instituto Português de Pesquisa Astronômica) concluiu em recente pesquisa que o planeta Terra já existe há pelo menos um mês".

Este final de história carece de certas explicações, mas o fato é que Nícol estava dentro de um avião, sobrevoando ilhas do Pacífico, e precisou escolher aquela em que desceria. Os pilotos o alertaram, levando a ver que justamente aquela era uma ilha que não tinha qualquer pista de pouso. Se era para lá mesmo a que queria ir, ele deveria pular de paraquedas...

Tinha de ter sua decisão bem tomada, porque depois não teria como voltar. Eventualmente, ficaria lá para sempre.

Assim ele fez. Na queda, tratou de verificar se havia paraquedas de reserva, uma cordinha sobressalente (lembrando que não haveria um jipe para buscá-lo, como lembra a piada, caso os paraquedas falhassem – e como lembra outra piada, tinha no bolso um xampu antiquedas).

Correu tudo bem, ele foi descendo, descendo, passando por cima da praia, desviando-se do rochedo, escolhendo aquele topo de montanha, mas caiu mesmo foi sobre uma árvore. ficou pendurado, balançou, conseguiu se soltar pelo galho de cima mesmo, e finalmente se desvencilhou daquela parafernália...

Então ele olhou à volta para iniciar vida nova, numa ilha em que estaria totalmente só. Só? Não, não... Atrás daquela árvore, olhe bem, onde tem uma pedra, lá está, agachada e escondida, ela, uma mulher bela e também solitária, carente, carinhosa etc [2]

---

[2] Os capítulos desta mesma história também foram escritos por trechos, entre fevereiro de 1992 e janeiro de 1993, e de fevereiro de 2007 a janeiro de 2009.

más
de las
pequeñitas

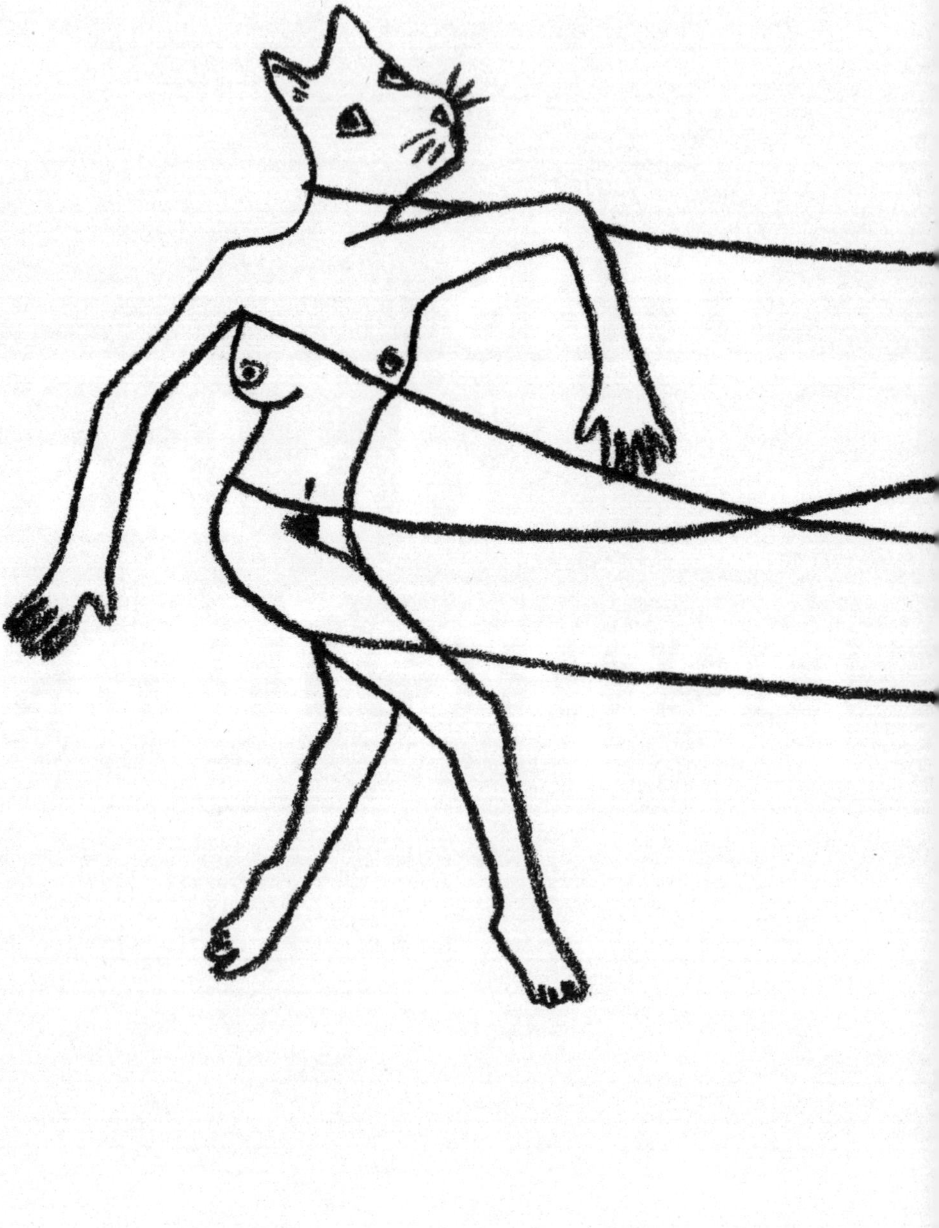

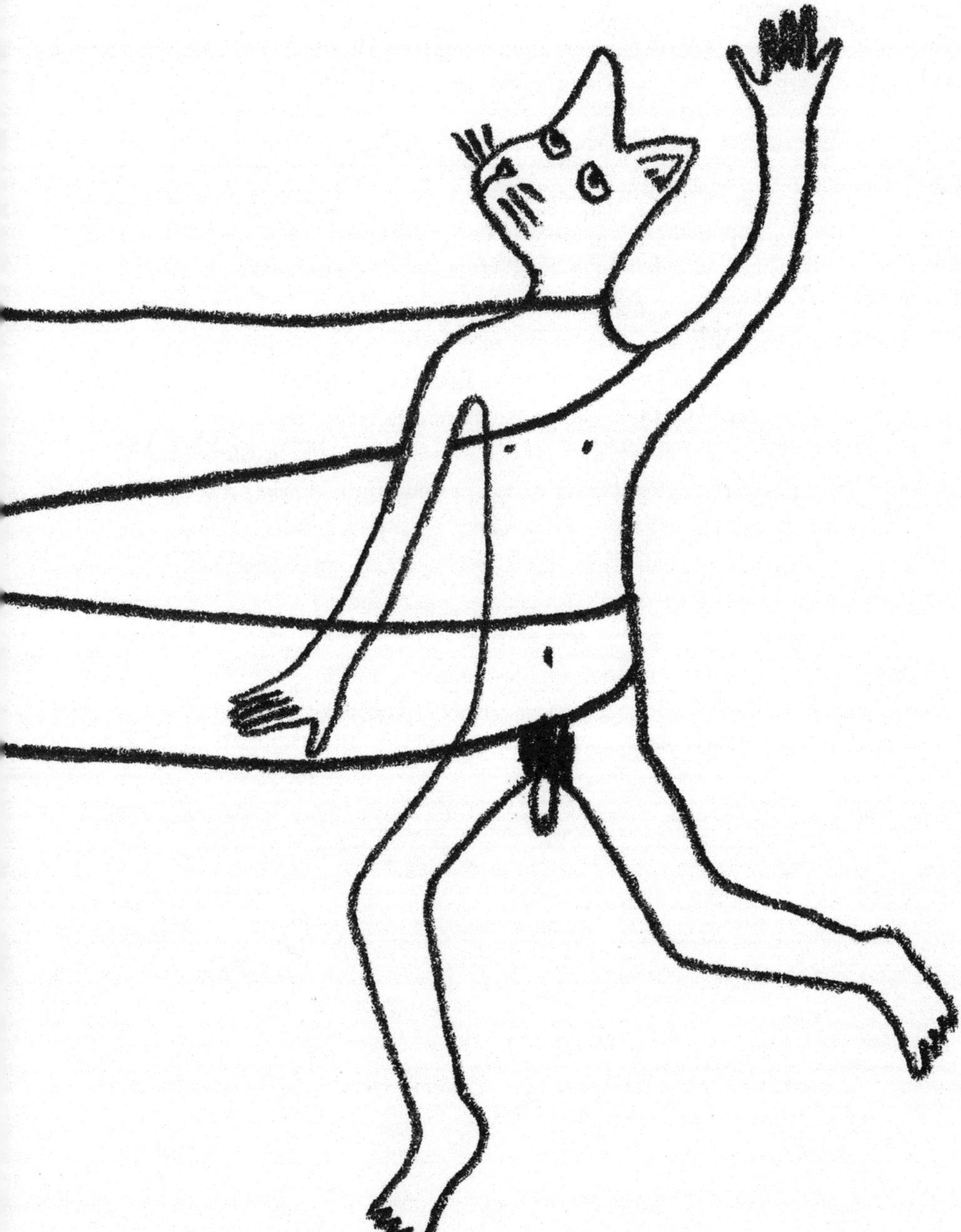

coloração
no brasil

Foi num povoado à beira do Xingu que se deu o encontro das duas frentes de guerrilha, tendo-se ainda a ilusão de que um lado poderia ser mais importante que o outro. Não longe dali um sábio guerreiro sabia usufruir bem da condição de chefe, aproveitando o momento da ceia para abrir uma conversa sobre as relações intertribais.

Só que também, perto dali, revelou-se em uma matéria de jornal (no caderno sobre pinturas) que o assunto que mais aproximava o cronista da paisagem brasileira era a valorização estética engendrada (produzida) na própria Europa, "com a qual ele tinha intimidade".

Ora, então está tudo bem, já que a ênfase no que ajudou o europeu a pensar o seu próprio imaginário – de sonhos e projeções a partir da paisagem americana – se deu no particular de sua vivência com os nativos, uma ênfase que só seria "menor no aspecto documental".

O jornalista que cobria a guerrilha (sem atentar para os índios) tinha o "eu" dos missionários: "... seus escritos eram às vezes 'distorcidos' pelo imaginário europeu em contato com o mundo novo; outras, imbuídos de rigor científico e documental, retratando a geografia, a flora, a fauna e o homem brasileiros".

FEV/96

clima

O clima estava calmo, com uma chuva calma, constante, contraste dos modos de absorver cultura.
– É Tupã! – disse a orientadora de outros trabalhos.
– Iansã! – corrigiu o aluno.

AGO/93

rajá

Na Índia antiga, um rajá começou a se especializar nas artes e entrou para a história. Antes ele andava meio desligado, sem sentir os próprios pés tocarem o chão. Nem reparava direito no que via. Tudo por causa de um imenso amor que sentia, não conseguindo parar de pensar naquela pessoa e dizendo para si mesmo: "Tomara que me queira".
Depois de receber o amor dela, foi ficando mais lúcido e governando cada vez melhor o país. Então, eles continuaram se desejando, o tempo todo. Ele não precisou mais ficar decorando coisas para dizer a ela, mas ainda sonhava com um beijo depois do banho, e às vezes tinha ciúmes de pequenas coisas.

Enquanto isso na Europa – para quem não sabe – reinar era estar sentado em trono seguro, portando o cetro e amaciando o peso da coroa com um pano qualquer. Olhava-se de longe a paisagem como sendo a geografia do reino, em que todos os habitantes eram seus súditos (e mesmo os animais e plantas lhe deveriam respeito e honra).

FEV/93

angelical

De uma nuvem o anjo avistava os cidadãos compenetrados no jogo de bola. Afastou com a mão uma fumaça cinza proveniente da fábrica, mas não podia prestar atenção na disputa; apenas avistar os homens, todos iguais.

Vestido de amarelo, o menino comprou uma bandeira branca com o distintivo do seu time e passeou em frente ao estádio do Pacaembu. Depois foi à casa do pai para passar o domingo.

Se o pai souber evitar os maus tratos com o filho, este terá um futuro melhor. Se mesmo os dinossauros vingaram por milhões de anos, é porque havia harmonia e amor entre eles.

> Enquanto isso um elefante caminhava lento e no seu passo passava por inúmeros ratos. Os dinossauros eram grandes porque havia escassez de alimento, e um corpo maior necessitava de menos alimento do que se fossem muitos e menores.

JAN/94

sensação

Há exatos seios em suas mãos quando se vê em frente à tela do pensamento. São eles o que procura registrar, nas suas descobertas e contemplações frente ao simples fato daquela existência: um jardim imenso, que, "um dia, filho, será seu e lhe renderá bom valor".

    Segue em si algo ensimesmado, na utópica rotina de acumular sensações de cultura e na arte de desaprender o que sabe, reciclando a capacidade de codificação (por modificação) do mundo, através de nula atuação, quer dizer: já nem sabe se é só isso, mas que agora pensa o que é certo, isso sim.

Logo se reestabelece e, fazendo-se melhor do que conhece, intimamente, vai lá fora para conquistar espaços.

AGO/93

tipo wally

Fechou-se o ciclo naqueles dias e ela pôde compreender que ele estava mais calmo, não por aceitar a normalidade do ritmo dos encontros, mas por um motivo bem pessoal.
      – Bem, pessoal, o som está sendo desligado. A festa já era!
Isso nem precisou ser dito: as pessoas se retiraram e foram dormir. No dia seguinte, havia ainda o leve efeito contrário do álcool, mas com um bom almoço, uma coca-cola para adoçar o sangue, e um ótimo passeio pelo parque durante a tarde, as coisas se maravilharam.
No domingo, lembrou-se de colocar tênis. O passeio pelo parque foi mais cauteloso. Viu que precisaria encorajar-se e acelerar o ritmo das mudanças, fazendo exercícios e largando os vícios, lagarteando menos. Foram a um *show* "mais ou menos" e as pessoas coloridas os encorajaram a manter o alto astral; não tão coloridas como na festa, aquela festa em que não faltaram pessoas amigas.

MAI/93

novo descobrimento de si

"Uma nau, habilmente construída pelos astutos e dedicados trabalhadores, vinha em direção ao lugar de onde escrevo. Sua tripulação era composta de bravos e ao mesmo tempo despossuídos (de bens materiais), que encaravam o mar como se encara a selva urbana: uma busca de atividades concretas.

"Havia um escrevente: suas letras delicadas reproduziam os sons do idioma recém-oficializado (quando se considera a Antiguidade) dos habitantes desse extremo oeste do continente, em que havia supremacia tecnológica e de sistema hierárquico.

"Enquanto a nau atravessava as ondas, mudava-se a inclinação do mastro, distraíam-se os que estavam famintos fazendo com que verificassem sua manutenção. E parecia sólida, na concretização do objetivo traçado. Uma ou duas falharam, mas o principal da frota veio aportar em Porto Seguro, lugar que foi chamado Terra de Vera Cruz.

"Por aqui também havia seres humanos, que foram chamados de índios, talvez pelo disfarce de que os portugueses já nem saberiam onde estavam. Mas logo se deslumbraram com os costumes tão diferentes, tão pouco reprimidos, praticados por aqueles que nada vestiam.

"Hoje, ao atravessar as praias de Santa Catarina, os transeuntes hão de notar também uma ausência de vestimentas e as poucas marcas de pele não bronzeada provocadas pelo tempo em que era proibido andar nu."

O suposto escritor brasileiro começou assim sua narrativa, estranhando a realidade comum a partir de uma utópica sociedade em que não se brigava, por mais que se quisesse, porque não se conseguia: o amor, em onda miraculosa, varrera do mapa a violência, a intransigência, e lavara os corações que se tornaram bons, propiciando assim um mundo de soluções, soluções que eram até de retaguarda e impossibilitavam a reviravolta do ódio e da esperteza.

Mas o que fizeram das injustiças? O sistema deixara de ser explorador? Explorara-se o seio das desavenças e por dentro das cabeças fora feita uma revolução. Todos trabalhavam, conforme suas aptidões, e eram cobrados nas suas produções. Só não havia mentira. Era como se uma máquina estivesse instalada em cada cérebro, e por luz se visse, já que todos queriam o bem, e não havia morte nem doenças. Apenas as migrações interplanetárias permitiam haver espaço para a chegada dos novos nenês.

De Santa Catarina ele pula à região de Trancoso, onde nem tudo era perfeito. Mas havia a companhia inédita de uma pessoa "aflorável", com quem se entendia na maioria dos casos, bastando olhar para a singeleza de seus olhos para que as resoluções brotassem espontaneamente. No céu havia estrelas. Fora do quarto da pensão podiam passear em companhia mútua, sem dar as mãos para não parecer que eram namorados. E ficaram mais surpresos quando descobriram que fazia tão pouco tempo que se conheciam, e essa não era uma história para ser romanceada.

AGO/93

o ballet
de java...

... era exemplarmente belo, fazendo lembrar as epopeias e os estudos conseguidos com muitos esforços, em um tempo em que a maior dificuldade era encontrar alguém que o amasse (do verbo amar, pois no outro caso a conjugação exigiria acréscimo de "ssa" no meio). Era época de muitos desencontros, mas nesta hora podia lembrar apenas as coisas boas, como os estudos de sânscrito. Por esse aspecto do belo mundo, faziam-se valer as tentativas de engrandecimento da alma e do espírito, que trariam soluções pragmáticas para questões materiais, sendo o argumento comparável ao de Krsna (ou Krishna) a Arjuna quando falava da função de cada casta...

Sacou?

AGO/93

purpurina II

Já virou e revirou tais assuntos, mas agora está cansado. Foi ao *show* da Madonna e ficou preso no trânsito, então chegou em casa e o ambiente estava assaz tumultuado, com as crianças solicitando coisas difíceis, sem a presença da companheira; tumultuado pelos entregadores e pela linha ocupada, quase sempre por engano.
Precisou relaxar antes mesmo de tomar banho, ainda sem saber por onde ela andava. Depois leria a Carta de Caminha...

Já no terceiro milênio, que nem lhe parecia futuro, as coisas continuariam a ser quase isso: uma superpopulação com muitos problemas para resolver. E o problema mais aflitivo que ele via, na sociedade a que pertencia, era o do desperdício. O país de maior desperdício, acreditava, era o que se chamava Estados Unidos da América.

Com aquele país se aprenderia a jogar toneladas de papel no lixo, a fabricar mil embalagens, a comprar eletrodomésticos para depois jogar fora. Ele achava que não se podia desperdiçar a mão de obra que sabia consertar esses objetos, então seria hora de aprender mais sobre isso, mas essa mão de obra também já se especializava na esperteza.

AGO/93

agora

Como era possível, numa cidade como São Paulo, dizer que em um bairro chovia mais que em outros? Mas diziam. E por acaso eles vinham morar em um desses, em que diziam que chovia mais. Mas, afinal, quem chovia? Só os gramáticos não sabiam que a chuva chovia, o vento ventava, a neve nevava. Havia gramáticos que ainda não entendiam que a linguagem era feita para comunicar, e não para matar de isolamento os sábios cultos. Bastava que se aceitassem formas como "eu vi ela", "pra mim dizer", "você gosta que eu te beije?", para que se desmarginalizasse uma grande parcela da população. Era no sentido de abrir esses caminhos que eles vinham morar naquele bairro.

  Eram camadas e camadas de pedras monolíticas. Olha, eles não vinham censurar você, só vinham morar ali porque eles e mais alguém resolveram assim, para dar início às suas felicidades.

AGO/93

loira

Loira ou loura, ela estava sentada em um banco de madeira, comendo bolo. A cauda ou a calda, do bolo de seu cabelo, via-se a baba como se fosse uma barba.

À louca, na louça a loira da leoa loura, amou-se essa, como a melhor, mulher. Hoje, com a colher, garfo e faca, facilmente físsil, o fóssil ocioso do míssil, apreende-se da moça que amassa a mosca e desaparece-se na falsa farsa da forte fonte. Há um monte de madeira, mais a telhas e belhas do que as telas, belas e boas. As balofas, baleias bobas, não entendem que só tendem a desordenar mesmo com adornos, enfeites feitos (de feios fetos, retos e eretos).

AGO/93

pureza

Numa linda manhã, vivia uma princesinha em seu *citröen* puxado por inúmeros cavalos, românticos da época *belle-époque*.

As ondas que passam
Por seus cabelos
São seres que dançam
E posso vê-los

Mas não se disperse
Isso é só palavra
Que se distorce
Quando se lavra

Onde as larvas
Já não têm pressa
E por serem parvas
Comem à beça

Riscando do mapa
E tirando a capa
De seu caderno
Que é tão moderno

AGO/91

jornalistas

"Pesquisa que vale é a colocação do votinho na urna", falou a sacana da repórter-jornalista, loirosa e boa.
O telespectador se deu conta de que era a substituta daquela que no inconsciente (sonho) pensou em "carvalhos" explícitos e, na hora de anunciar uma escola, chamou-a de "picampeã".
Essa era velha, mas a gostosa da loirosa nem se pensava como tal, e se soubesse já falaria com menos palavras sugestivas.

MAI/94

esposa

Chora um lugar, não muito longe ou perto, pedaço de céu. Cada gota que ali entra fará dizer que o prazer é a função do ato, prazer capaz de ficar na mente, anos inteiros, como remédio para a santa vida.
Há tudo de inquebrantável neste laço, podendo-se manter serenas as conversas, doces os abraços, carinho para os filhos.
– Como ela é bonita! Há mais mulheres bonitas no mundo, mas ela é a que eu gosto. *E como!*

NOV/92

o biólogo

O biólogo mostrava para as crianças a novidade: a desova mal feita em uma planta sobre o lago, por uma rã que não contava com a diminuída de volume deste... Espere: vamos reescrever isso...
O biólogo perguntava às crianças como tantas vespas tinham aparecido no local de uma hora para outra. Será que elas se comunicavam? Sim, elas se comunicavam, devia ser um tipo de dança no ar que dava uma mensagem para que as outras a seguissem. A vespa que havia visto primeiro (a ordem até então devia ser a de sondar a região) mostrava às outras o local.

– Três sapos colocaram os ovinhos que vão virar girino direto na lagoa; outros carregaram os girinos nas costas; outros ainda, como estes aqui, os colocaram em folhas de plantas que se esticavam para o lado. Eles são capazes de dobrar as folhas para camuflar a desova.

Mas aí podia acontecer isto: o lago, ou rio, tinha um ciclo de águas altas e baixas, e, quando os girinos pularam da folha, não havia água em baixo. Eles ainda se debatiam, porque assim, pela lei da gravidade, acabariam indo para um local mais abaixo, até onde devia estar o rio. Mas as vespas os viram antes, e fizeram uma comilança.

– Tem um tipo de sapo que consegue se reproduzir na pedra de uma cachoeira rala. Lá, eles comem musgos. A vantagem é que não há predadores.

MAR/94

sally

Naquela noite ela se esqueceu de tudo, deliciando-se ao assistir ao seriado de TV. Nada a perturbava. Pensava sim na coincidência de um evento: a colisão de um cometa com o planeta Júpiter, que provocava uma explosão quarenta mil vezes maior que a da maior bomba atômica já lançada.

    Para ela era inimaginável uma coisa dessas. Já não se imaginava o efeito daquela bomba, nem o que seriam dez vezes o tamanho dela. Entre Júpiter e a nossa órbita haveria também um espaço incalculável e, pelo que dizia a reportagem, não se reproduziria aqui nenhum efeito. Júpiter deixaria de ser como era antes?

    Para os astrólogos, isso deveria sim resultar em uma influência. Sendo o maior dos planetas, e pelos nomes dados da mitologia, seria o chefe deles... O que seriam os cometas? Seriam matéria incandescente, mas dizem que de formação orgânica.

Em outra matéria que tratava disso, dizia-se que as superstições de que os cometas traziam pestes tinha um semifundamento: o da possibilidade de trazerem formas que gerassem vírus. Os vírus não respiravam, segundo uma apostila do curso dela. Mas jamais se poderia provar a origem de vidas fora do nosso planeta.

MAR/94

por
onde
andava
nícol

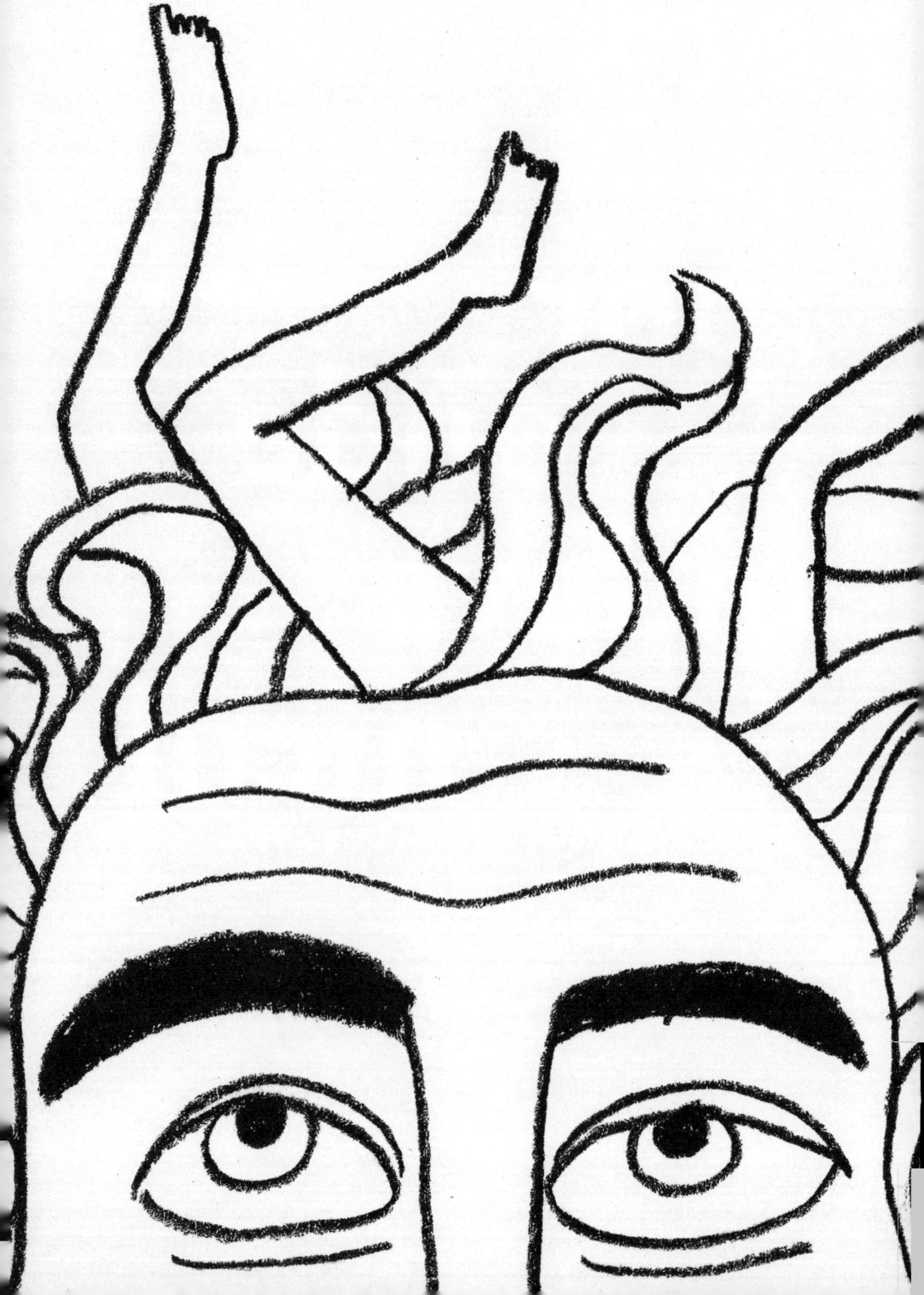

a volta

Passaram-se quase dez anos desde a última vez em que Nícol fora visto na cidade. Quem já ouviu falar dele, sabe que depois de juntar todas as suas economias, esteve a bordo de um pequeno avião com destino à Nova Zelândia (o "pedaço de terra recentemente adquirido por José"), mas que no meio do caminho pediu ao piloto que o deixasse em uma daquelas ilhas. A escolhida não tinha campo de pouso, então Nícol viu com bons olhos a hipótese de pular de paraquedas (de tanto ouvir piadas com esse tema). Assim foi, chegando finalmente à praia com que tanto sonhara depois de se desvencilhar da parafernália paraquedista de quando pousou em cima de uma árvore.

Note-se que "a praia com que tanto sonhara" constitui uma figura de linguagem, uma vez que para Nícol a praia dos sonhos não precisava e não seria totalmente deserta, ele bem que gostaria de estar acompanhado de pelo menos uma mulher; e nesse caso, sem que houvesse planejamento, ele acabaria também encontrando a mulher dos seus sonhos, naquele mesmo lugar, que era paradisíaco.

Simples: a tal mulher estava escondida atrás de uma pedra quando Nícol chegou de paraquedas, e esperou um, dois, três dias até poder pegá-lo no flagra – descascando uma banana – para então aparecer misteriosa, com roupa de odalisca (ela era de origem indiana), dançando e confundindo-o todo. Nícol, obviamente, achou que se tratava de uma alucinação.

Só que essa alucinação não tirava os olhos dele e do que estava fazendo... Ele, em atitude tipicamente masculina, começou a se excitar mais quando ela, para lhe agradar, foi tirando algumas peças de roupa.

Bem, não precisamos contar tudo que aconteceu ali; e é importante ressaltar que a relação deles jamais teria começado de forma vulgar, e sim muito romântica. O que Nícol não sabia é que aquela não era uma mulher de verdade, e sim uma espécie de sereia disfarçada. A aparente origem indiana ou árabe, na verdade, era apenas uma característica adquirida diretamente do inconsciente dele (ela era capaz de ler sonhos), para que se parecesse com uma de suas maiores musas, Sofia.

Novamente "bem", a essas alturas já estamos adivinhando, Carmela, como se dizia chamar a mulher que Nícol encontrara misteriosamente perdida naquela ilha, não era exatamente uma mulher, e sim uma *bruxa*.

Durante quase nove anos, Nícol teve relações sexuais das mais
incríveis e prazerosas, com Carmela fazendo sempre questão de
tratá-lo com carinho antes, durante e depois de cada ato.
No décimo ano, Nícol começou a sentir falta da cidade. Como explica a
piada, chegou a pedir que Carmela se vestisse de homem para que pudesse
aproximar-se dela de noite, fingindo estar em uma festa, e contar "ao amigo"
dos seus feitos sexuais nos últimos nove anos.
Mas o fato é que Carmela contou para Nícol que tudo não passava de ilusão, que
ela não era quem ele imaginava, e mesmo sua aparência física na verdade era uma
projeção. E Nícol pensou, e quis, pouco a pouco, voltar à sua cidade de origem.

Também aí não sabemos exatamente como foi o seu trajeto,
ele conta que demorou cerca de três meses para construir uma
primeira jangada, mas esta não teria resistido às ondas mais
fortes da arrebentação. Na segunda jangada ele caprichou, mas
também acabou saindo bem avariada de lá, e do resto ele não se
lembra, só de ter acordado dentro de um helicóptero nos braços
de uma atriz norte-americana que lhe deu um cartão, mas que
acabou se estragando por causa da roupa molhada.
Foi deixado em uma cidade que não lembra bem se era Juqueí, Juquiá ou Jequié...
Depois de algum tempo foi que conseguiu chegar a São Paulo.

descapitulando...

No passado, sabemos que Nícol chegou a morar perto de um estádio, que não era o do Morumbi e sim o do Pacaembu. À frente dele havia uma banca de revistas com vídeos eróticos dos mais variados. Só se víssemos as tais fitas poderíamos dizer se havia algo de aproveitável. Certamente a maior parte do conteúdo era de muita banalidade (ou até "bananalidade"), o que estava óbvio na cabeça de Nícol, principalmente aquela que ele até correu o risco, mas não teve o azar de comprar.

Também podemos lembrar de Nícol que ele sempre pensava as coisas como entidades, e que era com elas que se relacionava. Algumas relações davam resultados superiores, como o bem-estar do corpo, o apaziguamento mental, e outras, inferiores, como a intoxicação e as neuroses.

quase
uma filosofia

Por essa característica de Níquel, sua maneira de ver as coisas, é que no passado chegaram a descrevê-lo como pessoa "antenada". E no presente, para dar um exemplo dessas sincronias que ocorrem em pessoas que pensam e agem como ele, foi observada há pouco uma coisa engraçada que aconteceu, relacionando o que Nícol pensava sozinho e o que era falado na TV. Ele lia, no estudo de um amigo, um conto em que se descrevia uma estranha filosofia praticada pelos insetos (o livro se chamava Insectos e aranídeos). A frase dizia: "Não dividirás por zero". Então ele resolveu seguir o raciocínio, para chegar à conclusão de que $1 = 0$. Assim: se $2/2 = 5/5 = 1782/1782 = 1$, logo $0/0$ seria $= 1$. Por outro lado, zero dividido por qualquer coisa $= 0$. Então, $0/0$ seria $= 0$.

> Ele ainda pensava nisso quando a apresentadora do jornal falado, em que estava sintonizada a TV, fez uma concordância verbal estranha, usando o singular para o número zero. Logo pensou: "Não pode ser, zero não é um, zero é plural: está na lógica da sequência que alterna números pares e ímpares, e também por ser divisível por 2".

Ainda se reteve no raciocínio de que $0/0 = 1$ para imaginar que qualquer coisa dividida por zero fosse igual a 1, já que a matemática entende (e nesse caso não há dúvida) que algo elevado a 0 (multiplicado zero vezes por si mesmo) é sempre $= 1$. Isso teria algo a ver com a própria "existência"? Como viagem, até poderia, porque na verdade o resultado de algo dividido por zero tende ao infinito (sendo essa uma questão de "limites"), mas "o que é o infinito?".

retomando atividades

Depois de chegar ao futuro, Nícol teve sua primeira crise de regressão. Lembrou que já tivera vontade de escrever uma peça que começava assim: "teatrinho"; "temos de conversar...".

>Noru era o contrarregra, que ao tentar dar um salto espetacular caiu de cabeça no balde.

Mesmo sem se abraçar a "causas sociológicas", também escreveu uma peça pornô, e depois tinha de telefonar de madrugada para os amigos e explicá-las a eles. Sem encontrar nenhum telefone desocupado – o seu lema era "fala, mas desocupa" – discou para um número qualquer e o sujeito que atendeu, um bancário, ranzinza, era justamente o tipo procurado nos sonhos, uma nuvem baixa de alomorfia, com que valeria trocar experiências: que me(r)da!

Foi assim que Nícol também escreveu um novo roteiro de filme, que começava em uma floresta, vista da janela:

O menino que escuta a chuva vai explicando que os raios foram mandados por Júpiter, mostrando um pouco da cosmologia aplicada aos tempos modernos, pela TV em que vê o mundo, mas não é o mundo. Pelo sabor sente que aquilo não são frutas, está tudo modificado. O som que escuta não é de músicos – tudo uma gravação. O frango e as verduras são do supermercado, mas ele vai explicando, com base nos livros, como isso chegou a ser assim...

>*A sede que sente é da água cristalina dos rios, um lugar que ele já conhece, mas mal tem tempo de ir até lá. Decide-se então a tomar um ônibus, lembrando os gregos em um cavalo alado, e logo ele descobre o amor, a flechada de Eros, já que os gregos simbolizavam os sentidos, divinizando-os.*

Gregos, frutas e frangos. Quatro da manhã e Nícol ali a pensar na vida em Marte, nos orçamentos impossíveis, nas culpas que não teve, em como dar lição de moral em quem não tem.
    Tange a viola, faz frases que podem ser lidas: "o amigo dos cavalos é empreendedor"; "o vilão mora no Japão"; "a máquina rasa".
  A laranja. Ouve os pássaros e é tão cedo, impossível que não durmam. Fazem parte da natureza, como todos os homens, culpados ou não.
Lembra que a literatura oral é composta só de coisas decoradas, e por isso a rima.

ainda tentando escrever uma história...

Depois de pensar sobre o invisível, ele começou sua história: "Era uma só vez...".

> *Era uma só vez os caminhos curvos que se bifurcavam entre as possíveis combinações do crescimento de uma árvore. Tendo cada indivíduo um trajeto único, o que acontecia anulava depois as outras possibilidades. Os que não se conformavam com isso buscavam explicações nas ciências ocultas, apaziguando-se com a teoria de uma possível multiplicidade do ser... Ora, OK e tudo bem, mas é preferível e mais gostoso ser um só. Só quando dois indivíduos de associam, formando um casal, podem trilhar juntos, ou melhor, paralelamente, uma única trilha de crescimento.*

(Ele pensa se seria mais correto dizer que paralelamente juntos, ou, "juntos, trilhas paralelas de crescimento.)

...ou uma crítica

                Essa era a moral daquele filme: a de que o homem sábio não podia contar com nenhum respaldo policial, mas foi capaz de vencer pelas próprias forças, com sua astúcia, a ameaça que a princípio parecia invencível.

Não sabe por onde começar. Pela descrição do seu pretenso assassino?

        Haveria um crime que seria permeado de todos os pseudomistérios humanos. Não fosse a manha jornalística do narrador, esse crime passaria despercebido, como muitos outros.

Chaves era um rapaz alegre, que se dedicava à profissão não muito grata de ator. Seus pais eram pobres e por obra do acaso ele tinha muitos amigos ricos, mas não se importava com isso: nunca pedia dinheiro a eles, nem faria o que não quisesse por esse motivo. A amizade que ele sentia nos outros possibilitava que sempre chegassem a um consenso quando as opiniões eram divergentes.

adaptação

Foi assim que Nícol voltou à ativa, mas ainda estava longe de poder tirar o "cabacinho" da chuva. Depois de ser convidado por um amigo, também começou a participar de redes sociais. No dia primeiro de janeiro ele postou: "Ano que vem, agora, só no ano que vem".

Aos poucos foi "publicando" coisas cada vez mais *non sense*: "Seja feliz neste Natal, para que no próximo você possa se lembrar...". Também fazia algumas paqueras, do tipo: "Consulte o site: paraadriana.com.amor".
E por falar nisso, falaremos agora de sua...

...situação conjugal

Como no passado, ele ainda está sozinho, mas com uma diferença: tem um filho para criar. Então, não está mais sozinho. Está melhor, feliz como nunca, nem se compara... Nunca mais viverá aquelas angústias de solidão que teve no passado...
Lembra-se de quando esteve com a última namorada, quando as coisas já se encaminhavam para uma separação... Foi de vez. Ela chegou a fazer um discurso apelando às forças supremas da natureza, pedindo paz e declarando o fim da relação. Quando amanheceu, cumpriu o que havia dito: acordou, juntou as coisas e saiu, dizendo que era para não mais voltar. Para não mais voltar? Isso ninguém podia ter certeza, mas pelo jeito dela, pelo orgulho todo que tinha, deveria sim cumprir a promessa e ainda inventar coisas a respeito dele, ou simplesmente dizer que estava muito aliviada...

Triste? Surpreso? Sim, Nícol ainda está um pouco triste, mas no fundo já achava melhor se separar dela. Ela, além de invasiva (no sentido de falar muito e ouvir pouco), também se mostrou desrespeitosa em várias situações. Além do quê – e esta era uma questão difícil – não se mostrava tranquila ou tão à vontade nas questões sexuais: quis ser mandona (talvez ela fosse assim com todos), vangloriando-se de tudo, o tempo todo. Mas, para os homens, as mulheres sempre deixam uma saudade... (do que foi bom).

sobre mila

Nícol agora está com uma mulher das mais interessantes. Também é atriz e veio passar alguns dias na casa dele. Agora já faz uma semana.
    Outro dia ela chegou tarde e conversou com Nícol enquanto se despia para entrar no chuveiro. O sonho era que algum "caça-talentos" americano a levasse para estrelar um grande filme, e que de quebra se apaixonasse por ela (se já fosse famoso o suficiente para servir de escada).
Já para ele, o sonho era estar com alguém com quem nem se precisasse falar de sexo: antes de dizer qualquer coisa, ela já teria tomado as iniciativas, a uma média de duas vezes por dia, sem faltar com isso... Só de pensar ele já se imaginava até frouxo e relaxado – sentindo-se bem, assim – mas com a encanação de que ainda precisaria fazer as outras coisas.
    Dentro dessa preocupação (de fazer outras coisas), no dia seguinte ele faz: constrói o viveiro de coelhos e agora já está quase pronto; no dia seguinte ele transferirá os animais, aliviando o resto da casa de tanta sujeira.

Nícol pensa: "Não namoro mais ninguém, até porque não seria fácil ter essa disponibilidade para que outra pessoa ainda se apaixonasse; mal convivo com outras mulheres; no entanto, entendo os ciúmes de Mila".
    Agora ele está de volta a casa, depois de ter visto muitas cobras no Instituto Butantã, lido coisas sobre elas e outros répteis. Distrai-se com um mosquito...

  Nícol e Mila deram uma saída que será "revigorante". Ele estará belo e disposto no final do dia, para reconquistar-lhe o amor. Darão ainda outra volta, em uma noite gostosa.
    Na época de muitas apresentações dela, o amor deles era mais bucal. Vai agora reconquistar-lhe o corpo, depois de descansado, ainda com mais firmeza. E por que tanta pressa, se nem é hora de darem o passo definitivo? Porque quanto melhor for agora, melhor será no futuro.
Ele a ama de todo o coração, para que ela também o ame, mais ainda. Quer que os seus corpos se entendam com perfeição. Quer que o amor deles vingue e se consolide, desenvolvendo também o prazer. Tudo que quer é que tenham calma na vida, e muita vida, para que mais se amem.

aluna de violão e esposa

Nícol teve uma aluna que era bela, mas nem tanto. Ele nunca sequer lhe tocou as mãos, não por recato ou disfarce: optou pelo profissionalismo. Mas sente agora que o profissionalismo matrimonial é o melhor de todos, permitindo momentos como os já descritos, de pura graça e descontração.

    Ao sair da cama, era como se estivessem amarrados por uma linha de amor invisível que ganhava respeito em todos os meios e, circulando, se ampliasse. Agora já não têm medo, eles conseguiram em seu percurso cavalgar os montes terrestres, conhecer regiões, sonhar no infinito o espaço cósmico original.

    Fala isso da fazenda em que estiveram. Agora, mais do que nunca, eles sonham acordados. Pensa quase em poesia:

Tão bela é a maneira que vivemos.
Amor, amo.
O mato reflete luzes das lareiras. Leoas e larvas se locomovem, salto
o fogo. Dá-se tempo, porque está superficial.
                         Volta-se. Ama-se.
                              Palavras de amor.
Saindo do carro, o amor é perfeito. Novos lances
de muita paixão, amor ardente.

nícol carente

A campeã mundial de tênis (na verdade ele não sabia se era mesmo) apareceu no jornal em pose sensualíssima, mas ele não pôde ver a foto. Disseram que tinha as pernas esticadas, uma para cada lado, ficando a calcinha à mostra, e que a maneira de segurar a raquete e a comunicação facial eram das mais expressivas. Não sabe se era isso mesmo, ele nem sente essa maldade toda quando vê um rosto bonito, apenas uma comoção interior que o assola, e não se explica bem no que quer dizer.
Domingo era dia de pedir esmola e ele acordou ensaiando a excitação que poderia sentir se estivesse com ela. ficou imaginando as pessoas que saem de suas casas nas periferias para tocarem centenas de campainhas, o que farão com isso? Um censo de como andam as disparidades serviria a mais uma apresentação das estatísticas. No fim, era uma questão orgânica, inúmeras excitações sendo sentidas...

descasado
e descuidado

Um homem pode fazer supermercado, mas não é essa a função exata que a sociedade lhe designa. É confortável obedecer aos padrões, mesmo quando eles parecem demasiado conservadores. No caso de um casal, quando há inversão de papéis, com a mulher chegando a ganhar mais dinheiro do que o homem, ainda é compreensível. O homem descasado não é tão bem aceito pela sociedade, muito menos a mulher, mas há a aceitação caso por caso.

Nicol sente que é mais respeitado quando está acompanhado, mas nas suas ponderações há múltiplos fatores. O fato de ser pai é que o equilibra mais, mas também é grato por estar sendo marido, quando pode. [1]

---

[1] Mais uma vez, a história de Nícol é contada pela colagem de trechos escritos em várias épocas, desta vez de maio de 1992 a julho de 1994 e de novembro de 2011 a março de 2012.

willy e o velho níquel

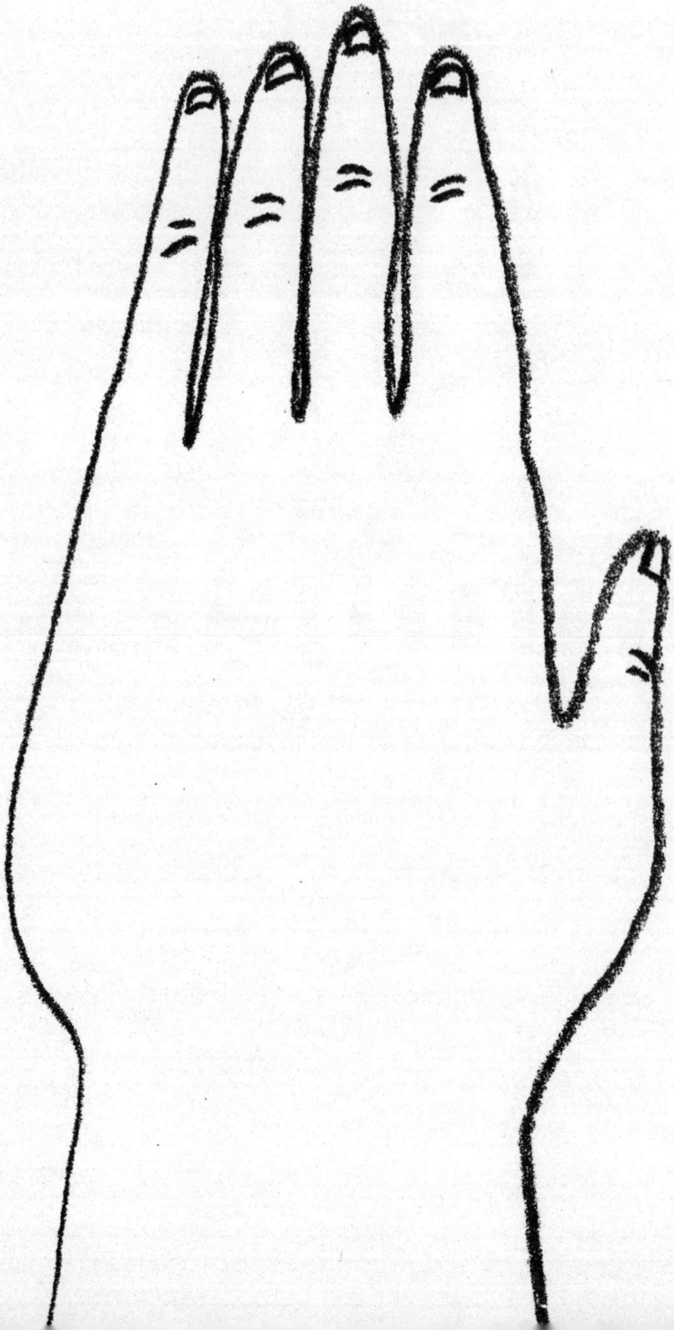

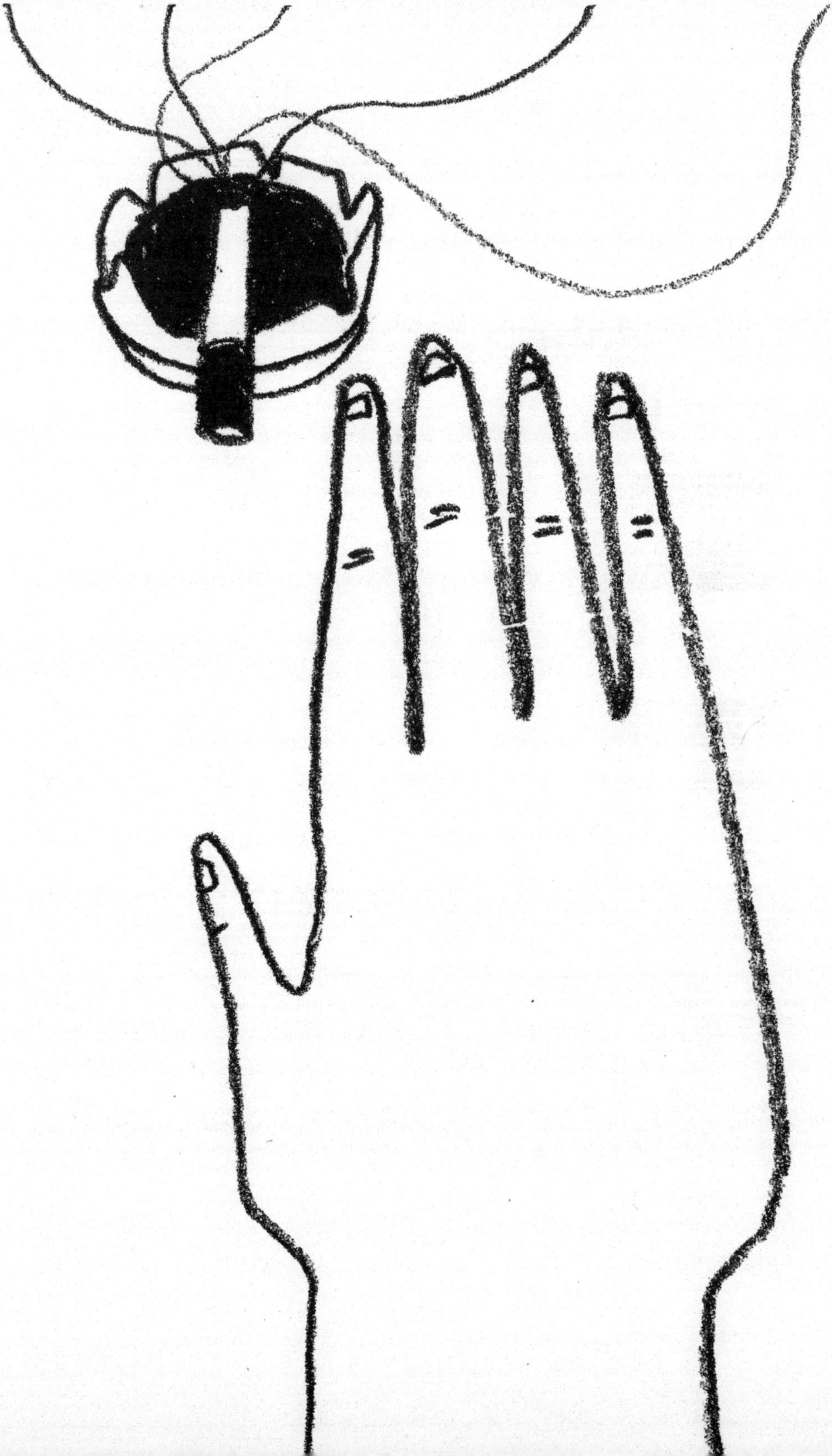

sobre willy

Willy era um amigo de Nícol que, ao contrário deste, nunca teve problemas afetivos. Nunca lhe faltaram namoradas e, além disso, convites e propostas de trabalho choviam, embora não tivesse talento para nada.

Nícol o reconheceu em um evento noturno, da época em que chegaram a tocar no mesmo bar. Depois de algum tempo, Willy era reconhecido nas ruas e aparecia nas colunas sociais como um verdadeiro *"big brother"*, desde que teve seu nome lançado no caderno de cultura de um importante jornal, caderno este que tinha como editor o amigo de seu irmão.

Enquanto conversavam, lembrando os tempos de músicos, Nícol recebeu dele a seguinte explicação:

– Não vai perguntar que cabo eu tinha? Bem, isso eu deixo para depois, e por enquanto adianto: a super-mulher não existe, mas é super-melhor: a melhor de todas.

Foi ali que Nícol viu, melhor do que nunca, a balsa loira de perto...

lado empresário

Willy ia a reuniões de conselho de muitas empresas que o convidavam para essa função (em eventos sociais, havia posto em prática o que aprendera no filme *Muito além do jardim*, criando metáforas e dando prognósticos sobre empresas, como se entendesse de alguma coisa).

Lá ele ouvia coisas do tipo: "Estamos aqui hoje reunidos para pensar se haverá mesmo uma desistência, ou ainda uma resistência à desistência, nesse projeto…". Quase não sentia necessidade de falar, mas quando abria a boca, além das redundâncias no seu discurso (uma das expressões mais usadas por ele era, por exemplo, o "esperma masculino"), podia-se notar certa originalidade em suas flexões, pois não achava que se precisasse seguir a tal norma culta (que geraria "preconceito linguístico" em relação a expressões mais simples). Gostava de dizer, em mais um exemplo, que "as questões são esta e várias outra". Ou então, misturando "maçã" com comentário futebolístico, dizia: "minha coraçã, a questã nessa situaçã em que anda a seleçã…".

Mesmo assim, era considerado um bom conselheiro nas empresas de que participava.

De alemão ele não sabia quase nada, além dos desconfortos causados pelas doenças de certos orifícios. Por falar nisso, um dia acordou sentindo uma ferida na boca e reparou que o problema das aftas é que elas ardem, doem.

E agora vamos dizer: Willy também escrevia, e como escritor estava mesmo mais para canastra, como quando aplicava metáforas futebolística para dizer, por exemplo, que "os jogadores são os políticos e a bola é o mundo".

– Aaaaaiiiii…

Willy não era mesmo muito bom de português, mas chegou até a ensaiar uma história que ia se chamar *O Sônio de Antonho*, e começava assim: "Se foce vossê…".

rotina

Willy, claro, também tinha sua rotina de altos e baixos.
Naquela manhã ele acordou assustado, mas o tempo mostrou aos poucos que as terríveis falhas eram só um sonho. Willy nunca fumou, e o verdadeiro herói nunca fuma, não era aquele que num gesto de coragem jogou longe a bituca para passar a viver melhor, integrado à vida, sem se preocupar em saciar o vício. Willy nunca fumou.

Da janela de seu grande apartamento ele avistou o parque, os transeuntes porcos que deixavam lixo ("Se são capazes de produzir cestas de alimento, refrigerantes, por que não levam um saco de plástico? – Por que não dão preferência a material reciclável?").

cheiro de maconha

Willy sentiu um cheiro forte de maconha na rua. Era provavelmente da casa de um sujeito que às vezes ele via, ora bem produzido, de terno e gravata novos, ora à toa, mas sempre passando a impressão de estar pouco ocupado. Poderia então pensar se a maconha desadapta o indivíduo, embora não quisesse desperdiçar-se com esse tipo de raciocínio: "Sim, um pouco, mas a sociedade é composta de elementos dos mais distintos, e há os piores, cujos hábitos eu não conheço, não saberia dizer se mau-caratismo e criminalidade podem estar associados a outros vícios como álcool, cocaína, jogo".

O sujeito que lhe inspirou esses pensamentos sempre lhe parecera de boa índole, como a sua vizinha. No mesmo dia ele sentiu cheiro de fumo vindo da casa ao lado, e pareceu até trazer um bom astral, associado a jardim… Mas Willy não fuma, ainda mais quando precisa trabalhar. Sente que fica desconcentrado.

Willy pensava na história de um mercador que vivia levando presentes e riquezas para sua musa antiga, que, quando ele dava as costas, jogava tudo para cima, distribuindo indiferentemente aos outros. Mas pouco se compara à relação que teve com sua namorada.

o que vê em sally

Para Willy, as coisas são mais simples: pensa que, para uma mulher, tirar a roupa em público é uma maneira de mostrar — assim como para um homem seria o uso do álcool — que não está feliz nem se sente amada. Ele também sabe do estrelismo que se dá em quem arruma turma para brincar de escandalizar os outros. Também se pergunta se, estando o amor à parte dessas coisas, estaria também em um *relax for men*?
No entanto, pensa agora nos pássaros, na maneira correta de observá-los, detectada pelos gregos. Se houve uma rasante pelo lado esquerdo, naquela manhã, depois entendeu que era pelo que se passava em casa enquanto ele não estava, mas logo à tarde, em um passeio pelo parque, os voos já aconteceriam pelo outro lado. Nesta hora, à noite, os pássaros estão dormindo e sabem do seu astral elevado.

bob willy...

                              Willy era mais velho e dizia que na sua juventude as pessoas saíam da cidade grande e iam, principalmente, para o Nordeste, tentar conviver de igual pra igual em meios diferentes. Depois veio uma geração diferente, em consequência da "era Reagan", os "yuppies" e adolescentes que não saíam de "shoppings", atrás de roupas de grifes. Mesmo os antigos "hippies" de elite passaram a rir dos tempos em que usavam cabelos longos, assim como vestidos longos e floridos, barba e bolsa, cantando músicas de paz e amor.

Willy acredita que, por não querer modernizar-se, o intelectual rejeita os movimentos de moda, mas de fora acabaria reclamando. Naquele dia ele acordou quase de sobressalto, dizendo que não estava contente com certas coisas. Mas aí foi vendo o mundo, a luz do dia, e as coisas mudaram.

    Pensa que se é gostoso flertar com anônimos, não é coisa só sua. É jogo carinhoso e profundo, reconfortante e sutil, inerente aos seres dotados de olhos. É a maior graça de todos os convívios, em todas as épocas, mas como qualquer outra atividade, quando alguém se deslumbra com isso (como aconteceu com ele, no fim da época hippie), já não joga tão bem... [1]

---

[1] Os fragmentos que compõem esta história foram escritos de fevereiro a julho de 1993, em agosto de 2009 e de dezembro de 2011 a fevereiro de 2012.

o velho nícol, agora retornando…

Nícol voltou para o passado? Sim.
Da mesma maneira que se passaram vinte anos e ele veio parar no futuro, fez-se a mágica inversa e, na média, voltou para dez anos antes.

… mas pra tudo tem uma explicação

Talvez porque precisasse superar este carma, Nícol voltou ao mesmo ponto em que estava, à mesma época, tudo. Como isso se deu, nós não precisamos saber exatamente, é como na vida: nada garante que o tempo ande só para frente…

O fato é que as histórias que se seguem são de quando Nícol ainda era solteiro e namorava uma atriz. Ou seja: "mais do mesmo".

nícol no passado

A cidade cheia e ele neurótico. Acordou com o barulho de empurra-empurra dos carros nas ruas, uns se adiantando para passar à frente de outros e dar fechadas. Olhou suas mãos e havia uma doença de pele. Era melhor não ligar (preferiu assim).
Fumava e percebia que estaria melhor se não fumasse. O pior não era isso, era não estar andando nu ou de calção, desenrijecendo a musculatura, nadando e tendo saúde. Nícol tinha saúde, mas era mais fraco, e flácido, do que deveria ser.

nícol também é pai

Nícol sente angústia. Por que será? O seu sono está atrasado, talvez seja por isso. Neste dia terá de fazer coisas simples, se comparado ao que a média das pessoas faz.

Sente uma enorme saudade do filho. É profundo isso. Também sente que não sabe mais se vai namorar.

Sabe lá o que é namorar? É isso que ele quer? Tem de se adaptar, esperar que os nervos se acostumem, até virar uma harmonia sem fim.

Nícol sabe de uma boa frase de Saramago para descrever essa situação, mas agora não lembra como era. Importa que se vê mais por cima, do alto de uma relação, e nem merecia tanto. Mesmo que estejam a algumas horas separados, isto é apenas fisicamente, e ele não precisava ter ficado tão por cima. Chegou a ouvir da boca de alguns amigos que era propositalmente massacrante da parte dela propor separação quando ele estava totalmente por baixo. As pessoas estão por cima e por baixo o tempo todo, consigo mesmas. Dizia o Caetano que, quanto mais as pessoas se esforçam para ser maravilhosas, mais enxergam o outro lado, o vazio do ser humano.

O ser humano não é vazio. É capaz de coisas maravilhosas, como a que acaba de ver por parte de uma mulher que, num vídeo vulgar, acaricia as partes do homem com amor, conversa com elas no intuito de compreendê-lo, nem que fosse apenas por aquele pequeno minuto de exacerbação e êxtase... Trata-se de um raciocínio que não lhe vem, sugerido pelo José Saramago, que pouco tempo antes havia aparecido, mas foi roubado por um telefonema enganoso.

Volta-se agora ao Caetano. Queria dizer-lhe que a imagem proposta, da perda do paraíso como um fato importante e produtivo, renovador por necessidade, já havia sido construída por Fernando Pessoa quando diz fingir-se mais alto e ao pé de qualquer paraíso, para em seguida confessar que seu coração – suas sensações são de uma ânfora que cai – se parte.

Mas há muito mais nas imagens desse poeta baiano. Não as imagens banais que ele acha que captou pelo puro reflexo de beleza em uma cena de violência, mas quando ele é épico, mesmo. Toda essa coragem de descrever o Brasil com as suas contradições esbarra também no sentimento puro de que aqui é o grande lugar. Não por serem francêses, americanos ou russos, descendentes de qualquer outro povo, os que aqui vieram, os melhores, resolveram ficar.

    Nícol não lembra agora. Não há o menor desprezo por sua mulher, a super-gata que ele ama, mas ainda não se esgotou no que tem a expressar sobre a cena que viu em um vídeo chulo, principalmente porque a atriz, que era bonita, foi capaz de adivinhar o máximo em fantasia machista. Se haveria traição em pensar isso – e ele acha que não há, porque nada se compara ao namoro com sua mulher, que é muito melhor – seria o mesmo que suspeitar de traição em ela elogiar os diretores de teatro, achando que pode entender do trabalho deles ao explorar os sentimentos. Não, não havia e não há.

Mas Nícol acha que o cara que deixa uma espingarda de chumbinho com uma criança é um débil mental. O mesmo com carros, ou o luxo para todos do Caetano, bomba H. Televisão em cores para todos, Feliz Natal.
Caetano falava por "violâncias", de seu "violeão". Não havia como não fumar, em determinadas horas. Acontece que daquela vez Nícol estava muito vulnerável, andando sozinho, à mercê dos sentimentos autodestrutivos que são inerentes à solidão.

No vigésimo dia da abstenção tabagística, foi ao aniversário de um amigo onde seria servido vinho em fartura, e ele estava disponível para a embriaguez. Já saiu de casa pensando em se embriagar, ainda mais daquele vinho tinto. Era o único que estava sozinho: os anfitriões eram um casal, mais o outro casal, muito seu amigo, e dois gays que chegaram. Todos fumavam.

Aquela tensão aumentou: ele bebia e chegou a achar que, para não culpá-los, compraria um cigarro assim que saísse de lá. Acabou fumando ali mesmo, e no caminho de casa, bêbado, comprou cigarros, mais bebida, e fumou alguns outros no estúdio de casa, ouvindo suas músicas. É que andava muito vulnerável, e alguns dias depois, também sozinho, em uma festa levado pelo Rod, tomou outro porre, e para infernizar ainda mais sua vontade de fumar, chegou a acender uma bituca que encontrou no chão.

Foi nesse dia, bêbado, que se lembrou do vídeo chulo, mas não chegou a assistir a ele de novo. O filme era uma loucura. Não sabe se o vídeo eterniza cada cena gravada, só sabe que ajuda a gravar imagens, embora tenha vivido cenas amorosas bem mais fortes e interessantes do que aquelas, justamente com a mulher que ele ama. Reconhece que essa onda de ver vídeos é estranha, e logo vai se redimir.

Acontece que agora já não está tão vulnerável. Quando sai é com sua mulher, e um ao outro se ajudam. Lembrando o sentido superior, já não caem em armadilha. Acontece que, naturalmente, com uma mulher destas em que se agarra, ama muito mais a vida, precisa viver bem e intensamente, forte a cada momento.

(Como lhe havia dito Willy, em um de seus poemas, a super-mulher não existe, mas ela é a super-melhor; a melhor de todas – a incrível dona de suas elucubrações e de tudo que quer amorosamente).

Então neste momento estão deitados, um olhando para o outro.

– 218 –

mila: a namorada atriz de nícol

Ele quase acredita em si mesmo, em sua felicidade e na reciprocidade de sentimentos dela. Quase acredita que são felizes. Nícol quase acredita que ela não cochichou para o amigo que evitasse o beijo de boca nos ensaios enquanto ele estivesse por perto.

Em seu umbigo egocêntrico quase acredita que vale a pena ser enganado. Um dia antes, por acaso, veio-lhe uma letra, medíocre, como eram medíocres todas as suas tentativas de compor algo original, como eram medíocres suas tentativas de mentir e como eram medíocres as coisas dos outros:

> *Somos mais*
> *Do que todos*
> *Quando não somos*
> *Mais que ninguém*
>
> *Pelo mais*
> *Pelo menos*
> *Amar vale mais a pena*
> *Do que ter um vintém.*

E coisas assim. Por ter tido uma noite péssima, mereceria amor. Mereceria o amor não por isso ou por aquilo, mas porque haverá de merecer (mas também sabe que amor não é uma questão de merecimento).

noite

Nícol fuma mais um cigarro e logo vai entrar debaixo das cobertas, menos preocupado agora, mais a fim de tudo que é bom, para resolver suas questões, ajudar-se...
Levanta-se e escreve um pouco:

Lara teve uma sensação gostosa de frio que lembrou a da fazenda, aonde todos iam. Acordavam cedo e gostosamente andavam pelos muitos caminhos de terra até a construção inacabada ali perto.

pesadelo

Níquel sonhou que era mulher e que nem podia mover-se, cercada que estava por cerca de quinze homens excitados. Fingiu que dormia, pois com um leve movimento já esbarraria na parte mais sensível de um deles.

pobre nícol

      Viu dessa vez, na banca de revistas, a puta que fazia de todo homem uma incógnita da razão. A musa era o contrário do macaco que abanava a banana... Tinha o sentimento interno, com o sotaque carnal de sujeição às folias carnavalescas...
Gota a gota, expunha sua gotacidade...

  Nícol percebe o pensamento de que fora mais tomado, "afinal, como me defino ideologicamente?", gerando reflexão em seus passos no caminho de casa até a banca – e por outras narrativas já sabemos o quanto foi ensaiado este movimento – ainda perplexo quanto ao seu ato em meio à crise socioeconômica por que atravessava o país.

  A princípio, tudo calmo: um semicumprimento com pessoa que trabalhava ao lado, um cachorro grande que não latiu (nem na volta), a espera do momento exato e... *Zás!* – comprou a fita. Só que havia um rapaz jovem, adolescente de uns dezesseis anos, e se sentiu como se roubasse o doce daquela criança, ou seja, que era quem menos precisava de produtos pornográficos, pois afinal está quase casado – a não ser como uma vingançazinha pelo *modus operandi* no trabalho dela. Ele não vai se masturbar, e usará o produto, de fato, como puro fator de higiene mental; por uma ou mais vezes vai assistir, mas não será nada de especial, só uma brincadeirinha boba e alegre.

Afinal, tudo não passou de um gesto sectário, de quem não se mistura nem em pequenas diversões. Seria mais de "esquerda" estar bebendo cerveja em qualquer botequim, mas ele não se considera alguém que não se mistura, e sim que apenas mantém a calma, nesse momento maravilhoso que é ter acabado de se juntar com alguém, corajosamente.

nícol "endiabrado"

Havia sobre a mesa uma foto interessante. Era de um jornal. Como se, casualmente, chamasse atenção pelo que não era...
Ela apareceu na foto com uma tarja preta junto à boca que podia até representar um falo, mas longe de Nícol pensar uma coisa dessas.
Saiu sozinho para tomar uma cerveja e, aparecendo gente, tornou-se mais instigante a ocasião.

Na calada da noite, Nícol pensa nas muitas garotas que tentam e dão prazer. Como elas são? Coxas certinhas, peitos gostosos. Gostam de mostrar o que sabem fazer com o corpo, o que não é pouco. Ele acaba de se lembrar de uma cena pornográfica da fita em que a mulher, por demais à vontade, exercia força demais ao acariciar a bolsa do parceiro, que teve de se defender, afastando-se e detendo-a pela mão...

– Com mil rádios e televisões!
Desligou o computador. Voltou a ligar...
– Com mil rádios e televisões! (essa era a expressão de que estava tentando se lembrar).
Sonhou que estava entrando no carro quando lhe veio essa expressão, que ele não quis dizer ao filho para não parecer absurda (pois estaria fora de contexto...).

separação

Droga, as migalhas da bolacha grudaram no chiclete.
Lá estão as suas coisas: carteira e agenda. Delas depende sua melhor capacidade de administrar o sítio, de fazer andar a casa (abrir uma janela talvez refresque).

Não seria simples se separar de uma pessoa que tinha sido, até aquele dia, sua melhor história de amor. Mas, como disseram na última conversa, não poderiam continuar indo e vindo (o que era causado mais por ela, mas e daí?). Talvez ele não tenha se esforçado para dar mais tranquilidade e segurança à relação, achando que o que fazia era suficiente. Ele também tinha as suas razões para querer a separação.

Restava observar como a coisa andava, agora que ela vai descer do quarto (ainda estão na mesma casa) para levar sua menina à escola.

também uma rotina

Houve mudança repentina de temperatura acompanhando a sua chegada ao lar, enquanto soltava peidos aromáticos de feijão, por causa de almoços, jantares etc.
A primeira conversa que teve com sua companheira era sobre mentiras engraçadas, mas foi incrível coincidir com o que andou pensando sobre as incompatibilidades: ela não consegue acreditar que as coisas são como ele diz, "eu estava lá, fiz aquilo", justamente por causa do hábito que tem de mentir. Ele acredita que agora isso possa estar diminuindo, pelo convívio que têm.

Ah… Sabatini, aquela tenista argentina que já não é a flor da juventude e está até um pouco masculinizada, mas deu graça à tarde, com seus saques que levantavam a saia. Agora ele fuma o terceiro cigarro de palha, ou masca um chiclete de nicotina, confortável e tranquilo, depois de guiar de volta do sítio, em uma das viagens mais calmas que já fez.
Ainda há pouco soltou novo peido, aromático campestre, estando calmo e contente. Quis trazer a cadela *beagle* e a vira-lata para parirem em Sampa.

    Situações insólitas foram sendo preparadas e cumpridas por vários dias. Para ela se tornou quase um incômodo vê-lo feliz, e precisava por todos os meios impedir isso.
Quer saber como começaram as brigas? Ela ligou no meio da noite para depois voltar a ligar, repetindo-se nas agressões e acusações desconexas. Para ele foi só um mau comportamento, que devia ser passageiro, dada a potencialidade dela. Tanto que na volta, sentindo amor, quis assumir o preparo do filho. Ela não se posicionou. Estava sem nenhum impedimento à gravidez.
      – Sim ou não?
      – Você que sabe.
      – Sim? E assim ela engravidou, numa época em que o companheiro já não se masturbava por quase um ano, desde que assumiram morar juntos.
Esse primeiro ano, meio tumultuado em alguns momentos, teve seus lances românticos. Quando ela finalmente se despediu do trabalho em que era explorada, passaram uma semana em Mauá com as duas crianças. Na volta, as investidas do grupo de teatro continuaram, mas diminuíram quando ela montou outro, menor, com mais seriedade e respeito.

questão jurídica

                        Ele tem as mãos fedidas de gordura, mas na boca um gosto satisfatório de nicotina intoxicante. No fórum, claro, ele percebe que se trata da forçação de barra de um dos advogados, o que diz "sim", e as indicações são mais favoráveis que tristes. Agora ele não quer ouvir a defesa do advogado que diz "não", mas simplesmente pensar em como rebatê-lo. Não queria, mas, se o juiz desse um parecer temporário à negação, já pensava em adaptar-se à figura do aventureiro que sabe de quem gosta, mas dá em cima de outras...

mais de nícol

        Santa e virgem, que coisa mais estranha se deu ontem em uma favela do Rio! Chegou a sonhar com o guarda uniformizado que dera entrevista, que no sonho parecia com um amigo dele, de jeitão carioca, e os dois riam (agora percebe que teve relação com o filme que passou depois, do tipo "ninja" – "mas não ninja na tábua").
É engraçado. Ele lê o jornal e acha todas as matérias "burras". Talvez a mudança de mês tenha sido radical para ele: tudo que era de ontem fora ultrapassado.

    Na noite seguinte Nícol teve um sonho estranho, em que acordou falando:
        – Nos tempos de colônia, ou em especial, de início do processo colonizador, toda a cultura se apoiava em tradições muito fortes. Para não fugir à área desta teoria, a literatura, faremos um pequeno salto para a poesia árcade de Manoe...

Nícol (de "nicotina") nunca tinha lido um livro. Isto é, só por volta dos catorze anos leu um, de Agatha Christie, em que identificou a sintaxe das letras com o que via nas telas de cinema.
    Por uma fotografia se mostram todos os detalhes que um desenho quis dar e, no entanto, que é arte, arte é ser, é sentir. Um apreciador é tão artista quanto o criador.
        Nícol descobriu que pode ir à praia quando quiser, que tem muitos meios de se encontrar, sem precisar de "doping". Níquel está bem.

nova rotina de casado...

Níquel já passou por situações parecidas, com pessoas que jogavam limpo, dentro das regras que elas mesmas estabeleciam. Elas eram, no entanto, invasivas: ele não precisava delas. Se estivesse sem elas ficaria, no mínimo, mais próximo à realidade. A remuneração que recebia era à base de erva. Se aprendeu alguma coisa com isso, foi a ser mais violento. Mas isso ele podia ter aprendido jogando futebol. Segue assim o seu novo projeto. Vai orar junto com a namorada, cada um tendo o seu trabalho. O dele, solto como uma pena, flutua a qualquer tempo...

é escritor

Está ali, escrevendo mais uma vez, sem saber direito a que fim. Metaforizando a natureza, é como a asa da libélula: de um lado e de outro, elas se "simetrizam". O lado de dentro e o de fora, seguindo-os, ele alcança o equilíbrio, nesse limiar quase transparente entre seu corpo e o que pensa. Seu corpo é físico: um sistema nervoso capaz de alertá-lo de todas as dores, aprendendo a lutar contra elas. É ainda escravo do cigarro. Escravo, ele escreve.
Mas se está escrevendo, é por acreditar na prática. É por acreditar no domínio da língua escrita sobre a falada, tanto que, às vezes, corrige-se falando.
... É sempre bom cuidar da boa imagem: "elipse é quando a partir de dois focos se descreve em torno deles uma elipse"; "flambagem é quando, por excesso de forças contrárias, a madeira flamba".
Como se estivesse tocando uma flauta, vai pondo, letra a letra, um discurso livre. Tem seu curso, que é livre. É ainda escravo do cigarro, porque acredita que, apesar disso, sem estar como presa e no rumo livre com que a fuma e a toma, a nicotina ajuda a concentrar e a raciocinar coisas sérias. Já que há uma derrota pré-concebida (a da dependência de um vício estranho e prejudicial), as outras coisas têm de ser vencidas...
Pensa: "Sou capaz até de erguer uma imensa obra, limpar o artístico e dar-lhe cara limpa...".

fantasias

Dizer algo de uma amiga que nunca lhe levantou a moral é quase imaginá-la tocando em seu sexo. Nícol às vezes acordava pensativo, revoltado com o passado. Outras, é o verdadeiro culpado de tudo, sente uma dor tão grande na consciência que é incapaz de se imaginar importante, afetivamente, para alguém.

    (Como foi dito há pouco, o nome Nícol é uma referência à nicotina, com a qual seu autor tem uma relação nervosa, e tenta criar uma personagem para extraí-la de si; essa personagem perambula, sofre, dá voltas e tenta se libertar de um ciclo vicioso, em que dá alguns passos, constrói saídas temporárias, mas nunca se sente herói, nem rompe a casca que lhe permitiria enfim crescer e vencer – ou quem sabe só no final? -; personagem realista, já se vê, difere de muitas outras).

(Não lhe parece simples vencer o sentimento de culpa quando, apesar de muito apoio familiar, tendo no passado sentido a morte de um parente próximo, seu autor imagina que o motivo de toda morte é a falta de amor).

a
antivida sexual

Nícol pensa que, às vezes, uma foto bem tirada simboliza mais do que a real expressão. O que ele quer dizer? Que uma foto provocante, com a mulher fazendo caras e bocas, atravessada em um sofá...
    Não, agora ele não vai pensar nisso, acabou de se satisfazer com outra coisa, e como... Só não era de caráter sexual. Então a foto lhe agradou por pura estética e potencialidade de excitação, mas não se arriscou. Está ali e já é hora de começar o trabalho, simples e pequeno, para a...
Quis assim se lembrar também da sexualidade da amiga bióloga, que lhe olhou nos olhos quando se falou em fertilidade de macho e fêmea. Quase uma "abobrinha"...

... o próprio instante, que não aceita como familiar por não lhe parecer uma prática saudável, mesmo numa sexta-feira, quando muitas pessoas – a maioria dos amigos – deviam estar perambulando pelas ruas, algumas mudas, outras com seus pares, a de levantar da cama na calada da noite.
    O que fez foi recolocar exatamente a mesma roupa com a qual se sentira muito à vontade, parecendo os sapatos quererem entrar, as pernas se esticarem, o equilíbrio prevalecer (ao invés de insistir na tentativa de voltar ao sono) e os gestos saírem precisos.[2]

---

2 Trechos escritos entre janeiro de 1992 e outubro de 1994 e em janeiro de 2006.

desventuras com a namorada: willy & sally

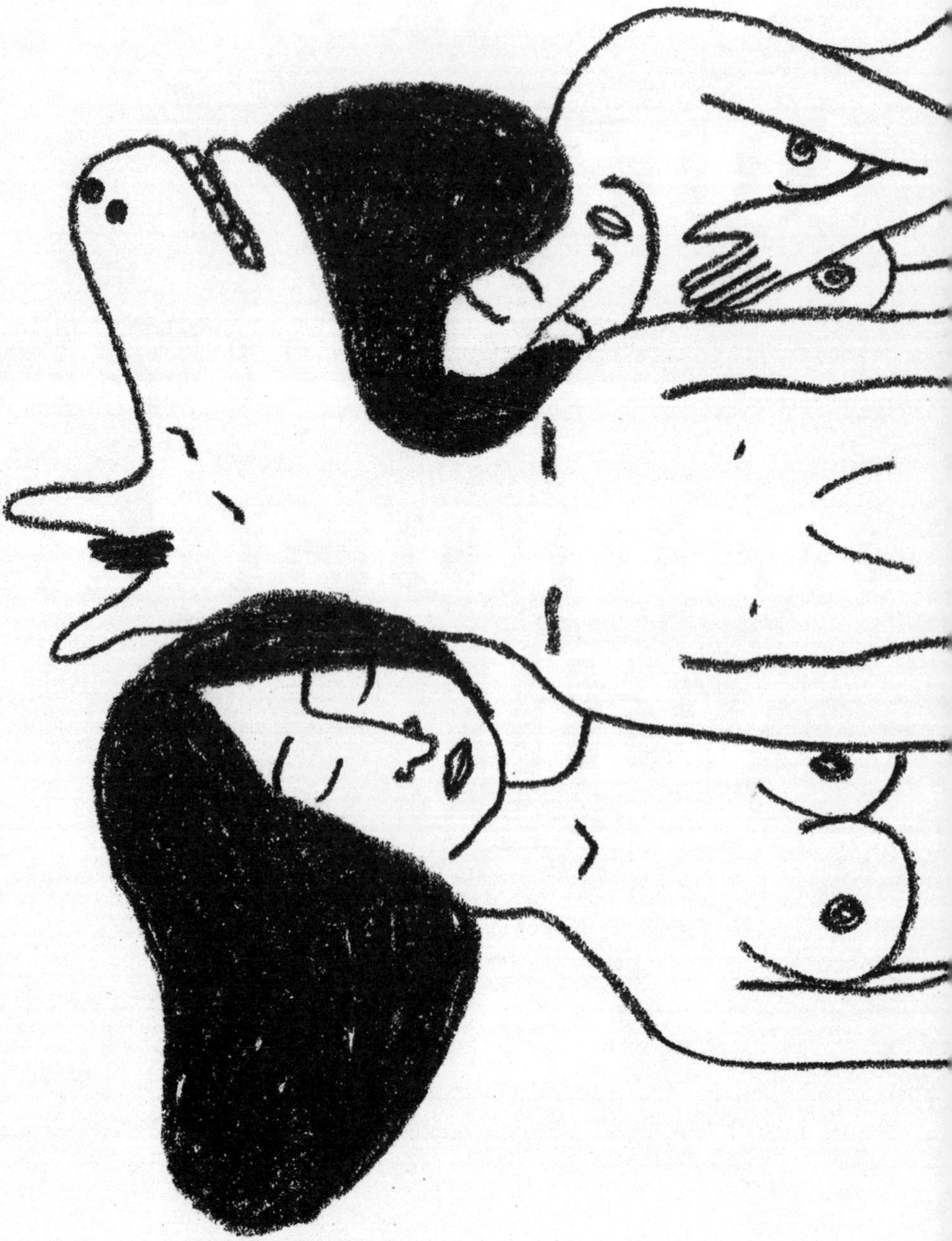

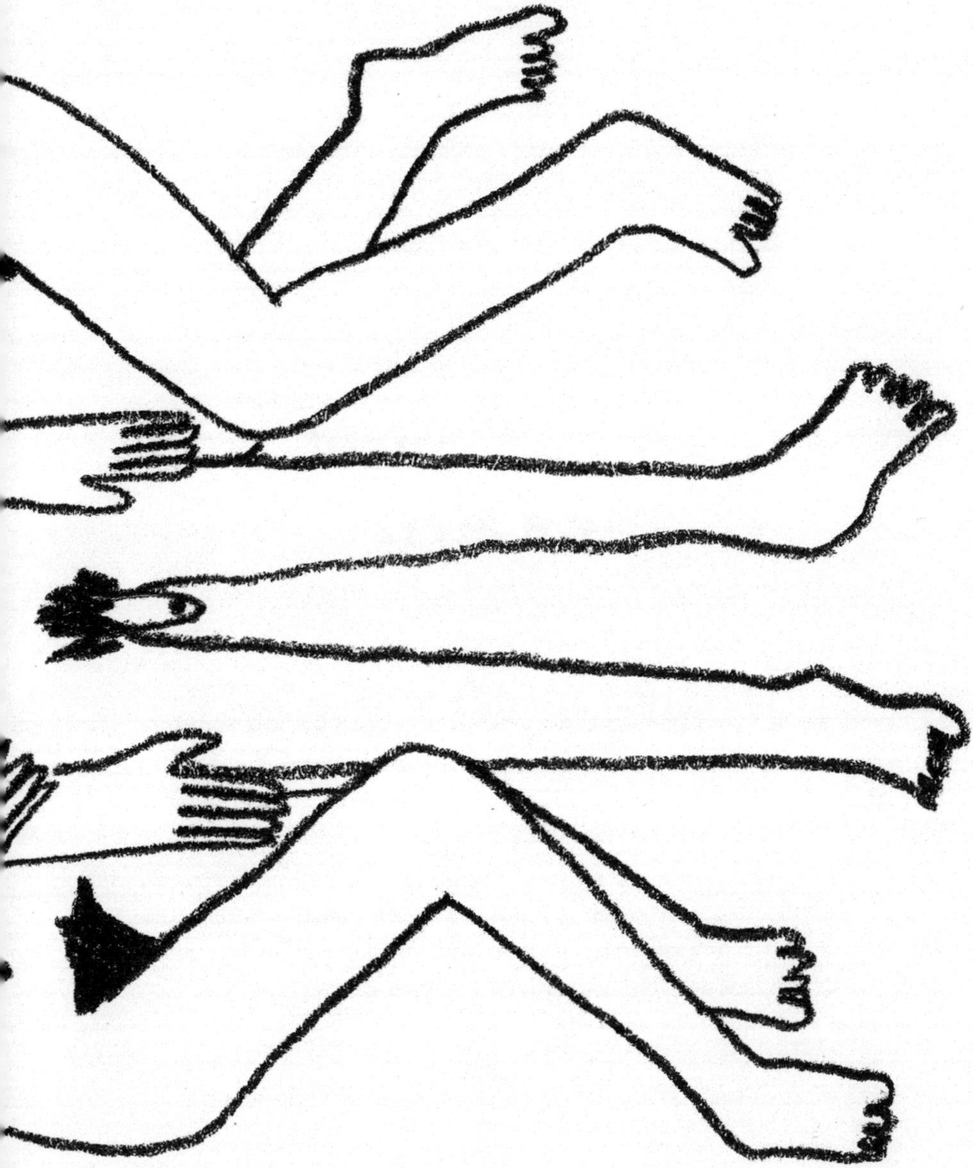

nícol
e a atriz

Lá está ele, em ligeira tensão por saber que mesmo no dia dos namorados tinham marcado ensaio na casa de sua amada, às oito da manhã. Tomou o cuidado de levá-la para tomar café fora, e quando voltavam, por volta das oito, já estava lá o pretendente que fez de tudo para que o casal se desunisse.

  Àquela altura ele já acompanhava a peça de longe. Apenas a deixou, feliz por havê-la ao menos levado para tomar café fora, antes de os outros chegarem. O clima era tamanho que, quando lhe deu um livro e um anel (pelo dia dos namorados), ela o acusou de tratá-la como meretriz.

complexo
de vítima

Quando certa vez ela lhe disse que estava com defeito, digo, que estava desfeito o namoro, por causa de um mal-entendido, ele quase caiu fora da peça (trabalhava ainda na sonoplastia, como músico que, depois de produzir toda a trilha sonora, se contentava em apertar botões de *play* e *pause*). Não pediria de volta nada do que havia emprestado, porque a única coisa preciosa para ele era a relação que tinha com ela, à qual eles já haviam infligido vários danos, e, se tudo não estava totalmente recuperado, muita coisa, ao menos, fora sanada.

Era um clima ruim. O elenco das duas peças era praticamente o mesmo. Ele voltou a fumar quando numa manhã de domingo, às dez horas, teve de deixá-la para só revê-la às sete da noite. Para sua sorte (ou a "graça de Deus") o dia foi maravilhoso. Mas em dia semelhante, quando à noite foi vê-la (depois dos dois ensaios), ela disse que precisavam se apressar, porque o elenco faria uma festa na casa do amigo em que ela às vezes passava as tardes, fumando, ouvindo música e estudando o texto.

Foi por causa do seu comportamento solitário nessa festa que ela tentou romper o namoro. Era preferível assumir toda a culpa, não se deixar derrotar por um bando de babacas... E mesmo com as intromissões estapafúrdias, o namoro continuou.

Mesmo agora que estão casados, ainda há resquícios daquela fase. Continua-se a vislumbrar um "dionisismo" tolo (porque gratuito), desgasta-se pelo desimportante e efêmero, em vez de se resguardar para o que é melhor e duradouro. Pelo seu lado, também se confunde, preocupado em salvar os momentos, "desintelectualizando-se", quando poderia estar mais atento às questões profissionais. Sabe a importância de continuarem se amando e de que ela receba dele segurança no amor. Ele não vai abrir mão disso, e de que sejam felizes.

é escritor 2

Em uma segunda-feira, ele tinha de se libertar de uma capa de frustrações. Não que o Fernando Pessoa também escrevesse inconsequentemente, mas é assim que ele realiza, a partir de rascunhos, um texto limpo: "fingir que não passo por cima nunca ajudou; aquela dor já passou" (melhorou?).
Dando asas à imaginação, chegou a dizer para ela certas coisas, como se nada houvesse:
– Escuta, estou muito a fim de namorar você, hoje mesmo...
Não importa em que cinema tenha se escondido, depois que se desfaz dos maus caminhos, ela volta para ele. Só se num desenho animado aparecesse o militar com pernas de bailarino, ele poderia achar ridículo o aspecto de certos afeminados.

O novo trabalho na gráfica o gratifica, dando-lhe novo ânimo e agilidade. Sem ele, ficariam entediados. Muita sorte ele tem, porque a garota com quem namora sabe disso. Ela não abriria mão das oportunidades profissionais porque não é nenhuma boba, mas sabe ponderar e ver quando está sendo usada.

Naquele fim de tarde, finalmente, ele foi ao teatro. Saiu furioso com a insensatez do ator. Cheio das piadinhas, lançava risinhos para as atrizes que se mostravam adolescentes e complacentes.
Antes ele já estava de mau-humor, deve confessar. Sabe que agora o seu mundo é praticamente só o dela.

nícol escritor

Nícol repete uma experiência já evitada, a de escrever bêbado. Sincero? Segundo seu primo, o querido Bruno, "o que se diz bêbado é mais sincero". *Sincero*, em "aletim".
A forma, a mesma: um amigo lhe disse que "quem bebe não precisa de análise".
Já que está assim, aproveita para dar forma ao indefinido, nas músicas que faz.

ainda
ela

                Pode agora deixar fluírem as coisas de coração
                aberto, quase em estado de contemplação. Isso
                só seria possível numa sociedade mais plena do
                ser, não na contaminada em que vive.
Seria apenas uma inconsequência profissional, não fossem todas as outras. Trabalhar de professor não era a condição fundamental para o empresário do ramo. Ver de fora era pior: ela voltando de um desses encontros ou reuniões, falando de outro modo. Não era mais ela, mas parte do coletivo, com outras palavras e modos (sem contar o fato de que no dia seguinte haverá nova reunião, e que para depois já estão marcados encontros e "trabalhos", comprometendo todo o tempo).
                Quando vai junto, algo ameniza, porque também passa a ser outro, então voltam outros, conversando com outros e nem sentem... No seu caso, não é inconsequência.

volta por
cima
(briga nos bastidores)

Assim foi a noite: muitos aplausos, muita alegria, até que houve a briga. No começo ele não se envolveu, quis apenas demonstrar a sua insatisfação com a cena, e que obviamente estaria do lado dela, ajudando nos argumentos. A coisa se prolongou e ele começou a questionar sua passividade.

No *grand finale*, nosso herói soltou o verbo que estivera preso na garganta em outras ocasiões: "Vai tomar no cu".

O epílogo, como volta à situação de equilíbrio, nem é preciso detalhar: o casal feliz, unido, fazendo amor.

Foi mesmo uma noite gostosa, em que os dois ficaram nus e abraçados. Mesmo estando em linha reta o tempo todo, decidiram que não iam transar, o que fez o abraço prolongar-se noite adentro. Ela segurava nele com a mão e ele se punha entre as pernas dela, até que dormiram com as cabeças encostadas uma na do outro.

(Havia algo de verdadeiro neste amor...)

No dia seguinte ainda lembrava a cena. Ele só rompeu com o formalismo depois que alguém (a estrela da noite) se atreveu a dar esporro em sua mulher. Foi só o esporro? A situação imbecil se prolongou mais um pouco, até se fecharem no camarim. E o que ele sabe de cada um?

    Bem, a história é mais ou menos assim. Tendo os dois sido convidados a trabalharem juntos, o ator se apaixonou por ela, de quem ainda era o namorado amado. Achando que poderia tirar proveito profissional disso, ela permitiu uma pequena invasão à sua intimidade. Engoliu as burrices do tipo "é antiético o diretor musical conhecer o autor das músicas" e outras papagaiadas, até que a conversa a dois no camarim destravou o grito atravessado na garganta do músico, "vai tomar no cu", com a razão bem clara de que o ator lhe faltou com o respeito em diversas ocasiões, mas principalmente no esporro que tentava dar em sua namorada, na sua frente. Ele não dava essa liberdade ao ator, nem a ninguém. Defende o amor dela.

    "É pra que saibam que não podem me enrolar", ele pensou. Se o seu agir era ainda um pouco lento, também não deixava para trás nada que não pudesse ser corrigido. O seu pensar é o mais rápido, mesmo que, com a enorme desenvoltura do sentir, ele às vezes se faça por outros caminhos. Mas segue e acerta. Sua flecha é bem lançada, de boa pontaria. Com as palavras, mesmo que ainda esteja dando um tempo delas, será imbatível. Não haverá ferrugem de conhecimento, mas o afiar, às vezes por novos caminhos.

    E o que ele mais quer é que o seu amor sinta isso, que o ame ainda mais... A noite está linda e todo carinho é pouco, é bom que possa adentrá-la com perfeições, todos os beijos, todos os amores...

neuras?

Que tarde! Ela está dormindo, com sono.
Enquanto ele... Bem, ele está escrevendo.
Lembra que todos os dias ela o larga. Só que agora ele se cansou (será mesmo?), pois foi feito de idiota (será que por ela ou por si mesmo?). Pensa que ela se fez de fácil para o mundo... Ele se cansou (pensa isso), diz que não serve de idiota, "faça-me o favor!". Lembra-se da administradora da peça ("aquela puta"), que instaurou a confusão... Sente pena.
Olha Mila e talvez devesse acordá-la... Sente que a ama, mas
e agora? E o medo de fazer besteira?
— Bela, acorda, eu te amo... [1]

---

[1] Trechos escritos entre agosto de 1992 e janeiro de 1993.

willy & sally:
introdução

Willy passou o sábado ensaboado, lavando a alma. Esta ficou ainda mais branca, depois que passou a usar outro tipo de domingo.

As preocupações do dia-a-dia, principalmente materiais, ficavam menores quando ele a observava a distância. Ainda lembra que a afetividade da vida comunitária é a que mais vale, com as crianças tendo como se defender, pois seus anjos estarão sempre fortes.

O mar vai longe à vista deles, com o horizonte e a amplitude que representam das maiores noções de grandeza que se pode ter. E o mar é palpável, podendo-se senti-lo em nossos pés, pelo ponto de observação que quase coincide com sua superfície, mostrando-se a continuidade do próximo.

É diferente de olhar o céu, porque o ar nós não vemos, então não temos a noção exata da distância da lua, do sol, das estrelas. Mas é nas estrelas que se encontra outro horizonte, o do visível. Como as galáxias se distanciam umas das outras (e quem pode provar isso são os astrônomos – está em um livro que é como se desenhássemos pintas em uma bexiga, e quando a enchêssemos elas se distanciariam, mas nesse caso se trataria de uma superfície elástica, enquanto no caso das galáxias deveria haver um espaço elástico), as mais longínquas se distanciam a uma velocidade maior, e uma mais longínqua se distancia a uma velocidade quase igual à da luz, porque, se estivesse distanciando-se a uma velocidade igual à da luz, não mais a veríamos.

Este é o horizonte do visível, o das galáxias – que irradiam luz e, portanto, podem ser vistas – que se distanciam em velocidade próxima à da luz. Se estivéssemos a meio caminho delas, o horizonte seria outro, em qualquer das direções.

No horizonte psicológico do nosso passado há imagens tenebrosas frequentemente exploradas pelos cineastas comerciais, como as do tempo dos dinossauros. Pior ainda é imaginar a terra em seu começo de formação biológica, ou a história do universo anterior à Terra. O inconsciente é obscuro, e se devemos conhecê-lo é para elucidá-lo, sermos donos de nossas rédeas, através da razão.

encontro

Só duas bexigas escaparam do massacre. Provavelmente foram levadas pelo vento até atrás daquelas moitas, o suficiente para que não fossem vistas pelas crianças (especialmente os meninos) naquele final de festa.
    Sim, foi em uma festa de criança que Willy conheceu Sally.

Quando se despedia, viu que ela ainda precisava dormir, então disfarçou sua ereção (com a outra namorada, sabia da tentação de se despedir três vezes, até que não resistisse e recomeçasse o namoro, sempre, o tempo todo...).

casamento

Havia coisas de uma compreensão abstrata que se pode ter da vida, como a coincidência de que sua mulher perdera a virgindade pouco depois dele, na época em que esteve na maior das depressões. Na esfera cósmica, seria até possível. Não, ele não admitiria que no seio da família estivesse o inimigo, porque se perdeu sua virgindade foi por finalmente encarar a responsabilidade de amadurecer.

rotina de willy

Como em sua origem planetária, o dia nasceu cinza. Porém, as manchas de ciúme, que são como pesos amarrados aos pés, diminuíram e foram desaparecendo. Enquanto se molhava, sua linda mulher adentrou o chuveiro e fê-lo ver de perto, pelo quanto de linda, simpática e risonha que é, que o amor era grande.
Dia cinza e com uma chuva constante, bom para ficar em casa e fazer, com calma, aqueles pequenos trabalhos que ele tem vontade. Sente-se bem, bebe o suco da mexerica que ela preparou, só precisa mais alguns dias para melhorar de vez a saúde.
Bateram à porta e era aquela visita carinhosa, que de tão esperada se tornou surpresa.

escritos de willy relidos por sally

Willy aos poucos foi se tornando um bom escritor. Pela necessidade de "ação", bolou um romance policialesco em que o casal se separava depois de árdua discussão, incluindo troca de tiros (quatrocentos anos depois, o país ainda não estaria feliz e recuperado). Era pura ficção, mas nem precisou sair da primeira frase: "o que nos interessa são os aspectos 'desmisteriosos' da psique, o romance enquanto processo psicológico e de clareza espiritual: contemplação".

A história do vampiro ele finalizou com uma empreitada, aparentemente noturna, à praia. O vampiro se surpreende com o fato de ela estar ultrapovoada àquela hora, de pessoas em traje de banho, algumas deitadas, tentando se lembrar se não era *réveillon*. Quando se preparava para o primeiro ataque, apareceu uma ponta de luz de sol, que o desmanchou: estava na cara que era um eclipse, então mais tarde ele voltava a ser uma pessoa normal, apenas com algumas lembranças.

Mas Willy nunca deixou de ser arrogante, e se meteu
a falar de coisas que não entendia muito:
Iemanjá é rainha, mãe e mar. Há mais que relações entre o que sei e já soube, e o que farei. Amarei melhor, mar e areia. Sereia, se estiverem certos os religiosos de outra facção, aliás, senti uma corrente de espiritualidade quase tateável quando tais testemunhas por aqui passaram. Diziam que eram satânicos os males, que é melhor se cuidar, não se deixar levar tanto, melhor é se preparar para um futuro melhor. E com todo o respeito, ouvi aquelas vozes de uma senhora que se dizia conhecedora de ciências ocultas:

– Abandone todos os vícios, Ave aos vivos, Cuide bem de quem te protege.
Nossa mãe que já sofreu, hoje receberá sinais da gratidão vindoura.

Iansã sofreu muito, porque Oxossi saiu da água doce para se tornar salgado, e por isso Iemanjá são todas as águas, inclusive as de outrora, Iansã, Iara.

O pêssego, porque veio da Pérsia, fruta sem a letra a. Em matéria de religiões, a complexidade é tanta, talvez maior ainda na Índia, onde toda a sociedade se comunica por sinais, não, eu não quero ser um espírita. Mesmo sendo obrigado a vasculhar certos conceitos, porque cada palavra em sânscrito tem também significado filosófico, imbuí-me de primeiro tentar buscar uma correspondência no que for prático, a língua atual, mas mesmo esta é anacrônica, a dos livros, grandes poetas, mas também a poluição de jornais e revistas.

Por enquanto é segredo, não devo detalhar meu plano de abandono do vício. Devo estar mais alegre, isso sim, porque só faz bem. Espero a correspondência amorosa, que tenho certeza, se dá. Nada como uma manhã de gemidos, uma tarde ensolarada, uma noite de amor, de amantes bem abraçados.

willy
& sally

Sua mulher preparou uma linda torta para acompanhar o prato principal e ele, insensível, só pensava em sexo: "abóbora, *abobrosa*...".
Literal: lateral. Litoral: "as costas têm o significado literal de um litoral na parte lateral".

Willy também fez versões e anotou uma letra falsa, baseada apenas na sonoridade. Fez isso sobre canções dos Beatles, que se estão aqui reproduzidas é apenas para mostrar que não tinham graça nenhuma (lembrando as de uma cantora que a muitos irrita, ali, justamente por usar esse critério único, o da sonoridade). Sim, eram versões pra lá de chatas.

Obrigado pelo livro
Quase eu não durmo – se olhá-lo
O livro deixa-me surdo
Quase eu não durmo – se o abro..,

Que lua e o sol o signo novo iluminem
A paz vai gritar dentro a si
A luva na flora eis assim esquecida
E "psiu", vai gritar, "há gente ali"...

futebol e sexo

Eles viram o jogo juntos, com a família reunida diante da TV: "A pátria é a família com televisão amplificada".

No dia seguinte, Willy mal conseguia levantar da cama, sentindo o corpo esticadíssimo. Ela resistiu durante a noite e adiou para a manhã do outro dia.

Na linguagem vulgar dos bêbados, sua mulher seria "uma baita" gostosa. Ela sempre acaba tentando-o, mesmo sem querer. A única maneira de não transarem mais é estarem em casas diferentes, sem se verem. Não sendo assim, ele tem vontade de beijar-lhe os seios, o pescoço e a nádega do outro lado. Seu corpo se sente ligado, aceso há tempos, louco para dialogar com ela.

Estaria nesse princípio de traição a contradição amorosa de anos e anos? O que se passou e passa em sua mente, longe dali, não é nada a se esconder, tampouco indecifrável. É a modernidade dos tempos, permitindo prometer amor, "tão longe dos olhos" e o corpo noutra...

dúvidas

"O que é a verdadeira cena de amor, o que são carinhos? O que é as pessoas se compreenderem e serem atraentes umas com as outras?" Há tempos ele andava negando a magia das coisas, o romantismo alegre dos ingênuos, mas ainda quer um mundo melhor, isso sim, e vai descobrir como!

O grego Sócrates dizia que aceitava como amigo não o que lhe dirigisse palavras boas, mas o que lhe mostrasse atos favoráveis, e é por aí... Ideologicamente Willy talvez hesitasse em se separar (como de fato hesita), simplesmente porque é muito fácil uma mulher atrair um homem quando os dois não têm nenhum compromisso em comum, mas aquela que está por dois anos lado a lado às vezes cansa, embora abra as pernas, mostre o corpo, e seja a que corresponde mais ao "amor" no sentido real da palavra. Mas ele não anda tão romântico, tão bondoso, acha que muitas coisas lhe encheram o saco neste casamento, é possível que não segure mais a onda (e romper seria também um ato de coragem, opondo-se à sua inércia costumeira). [2]

---

[2] Textos escritos de julho de 1992 a julho de 1994 e em novembro de 2011.

willy se trans forma em nícol

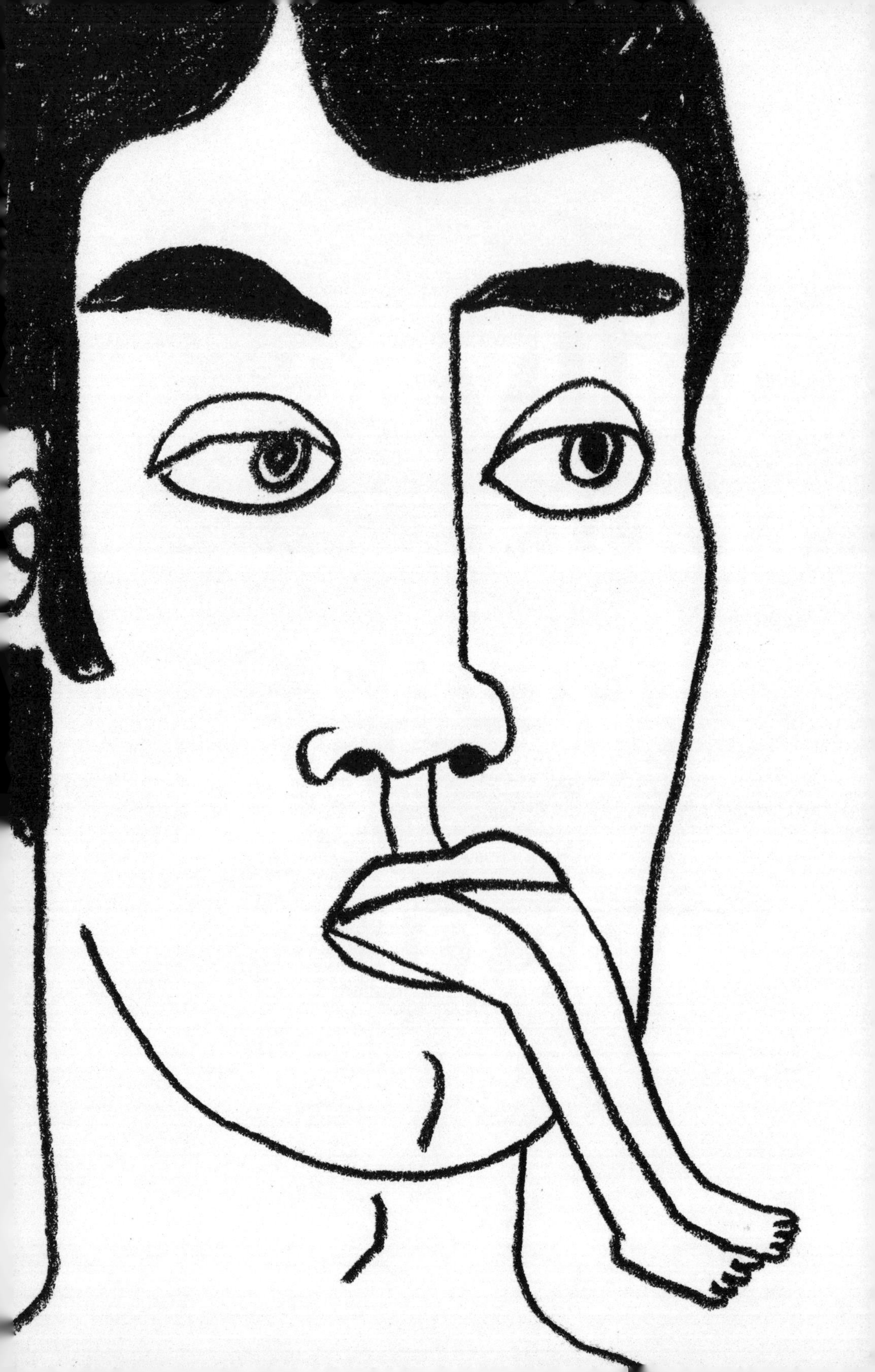

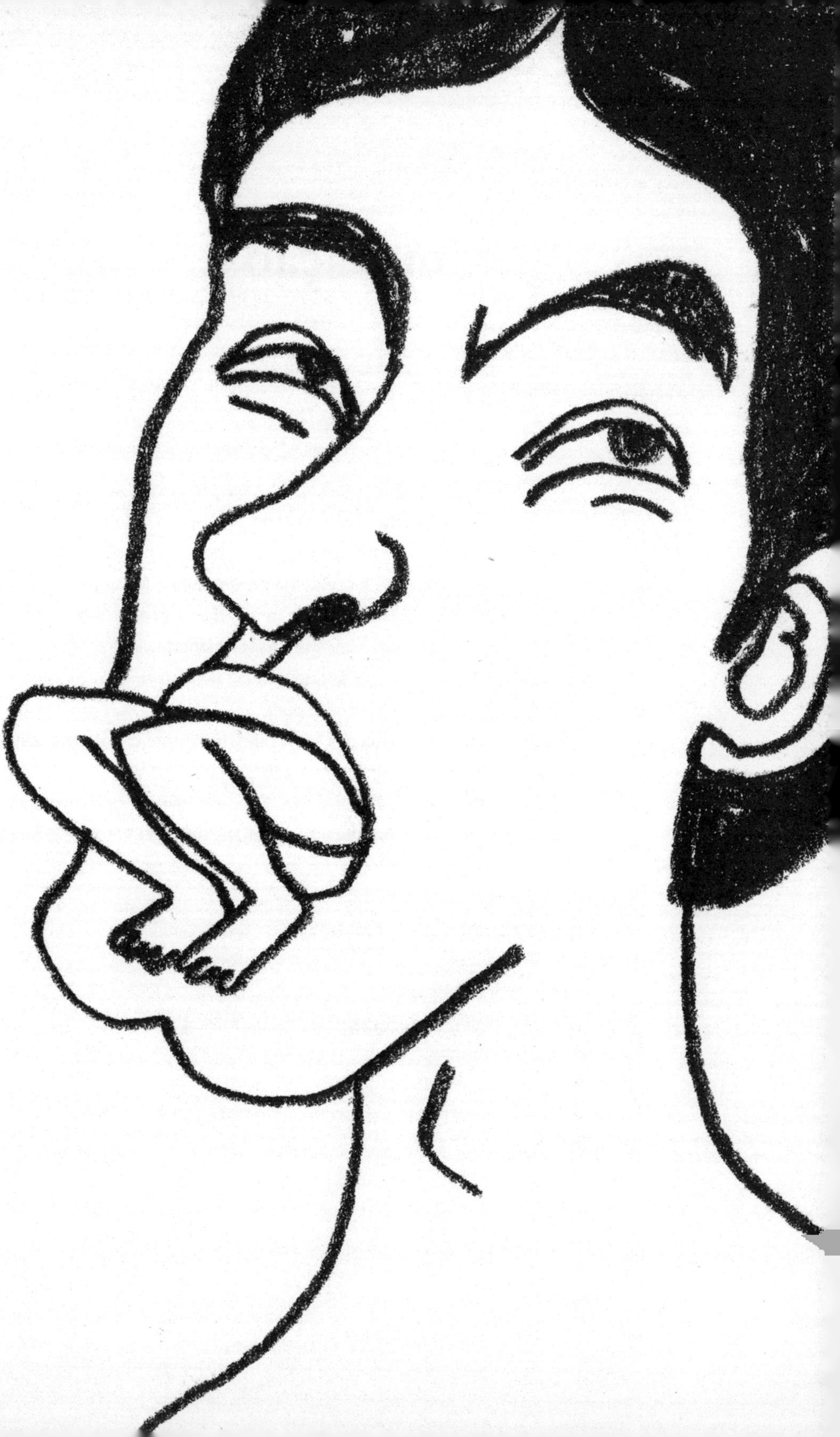

mutação

O motivo que o leva agora a ter pressa em escrever devaneios, fumando cigarros sintéticos, é a loira da doceria. Uma mulher engraçada, bonita, com cara de malandra. Chique, cuida de duas filhas. Mas quando ele passou a olhá-la de frente, ela reparou. Já tinha reparado antes, com sua blusa semiaberta...
Qualquer coisa, qualquer cura que se queira o faz lembrar-se daquela manceba, de engraçado gesto, doce como pura.

Naquele dia foi instalada sua TV a cabo, instigante em alguns pontos. Mas nada que se assemelhasse à paixão verdadeira que sentia por sua mulher, real, amiga, de bom coração. Sabe que isso não se compara, pois ali se vê metido em uma situação de enlace, difícil de soltar, e já não se preocupa. Pode ser mais sincero, agora, sem precisar "fazer média".
Acredita mais no que pensa, e até em como age. Mesmo na cidade barulhenta, com pessoas inoportunas, quando vai dar comida aos passarinhos, brincar com os cachorros, gatos, quando vai passear com seu filho (agora não precisa de pressa, ele está bem), é feliz e alegre, olha a vida com carinho, independente de qual será o futuro.
Se souber amar, melhor.

refugiando-se na poesia

Não que se precipitasse a olhar para o precipício, mas andava preocupado. Andaram chamando de coisas do ofício o que se dizia no hospício, e ele, muito revoltado, não deu trela ou continuidade a qualquer assunto do tipo.

Rimas com "équito", "ígido", "ético", "ínfimo". Todas as "proparox" que lembrava foram anotadas, mas não é assim que se faz poesia.

Sua distração também passou a ser a feitura de novos haicais, mas escreveu coisas horrorosas:

Não ouvi se disse
Que "vai dar uma olhada"
Ou "vai dar molhada"

filosofando de novo

Notou que a frase "toda regra tem exceção" carregava o paradoxo de que ela mesma não seria sempre válida, e, portanto, haveria "uma regra sem exceção". Resolveu trabalhar naquilo com seriedade: rodopiou em cima do marco da trifurcação, um caminho aberto em leque de pelo menos doze direções. As que não eram seguidas deixavam marcas psicológicas do que podia ser feito. Principalmente duas, três, ou quatro tinham de transparecer em um possível pioneiro…

– Willy, acorda!

de novo dando a volta

A nova moradora do prédio tinha a cara mais linda que ele já viu. Consegue não pensar em como será a passarinha dela? Em como ela se comporta na cama?
    Willy agora vai escrever, mas antes faz um cumprimento à dama desse algum andar lá de cima, que talvez seja fresca... Mas ele sabe que vai reparar nela, cada vez mais.

    Ele já não tem idade para se empolgar com jovens universitárias, e de fato não se empolga, ainda bem. Prefere olhar as mulheres de muitas idades expostas nas ruas. Algumas são menos vestidas, outras ousadas no gesto, outras exalam sexualidade mesmo sendo frias.
Enfim, não seria esta uma tentação para voltar, quase aos quarenta anos, à faculdade que começou e abandonou na juventude, e que fez parte do período mais intrigante de sua vida. Naquela época era justo que se apaixonasse por muitas estudantes: era jovem e a paixão era aceita como prova de virilidade. Agora seria um desvio, uma conduta até censurável.
    Ainda bem que não arriscaria a sua integridade por nada.
    Pode sonhar, é verdade, como sonha às vezes, mas sem dar mais passos em falso, sem desobedecer à razão. Quando sonha é com pessoas mais velhas. Uma pessoa elegante, que tem talvez a sua idade, faz parte dos seus sonhos de conhecer de perto as curvas das pernas.

    Agora são boas as condições. Não deixou de pensar nas pernas impossíveis, melhores do que as das jovens universitárias que ele nem conhece. Vamos ao que se passa...
Em um depoimento franco e falso, agradeceu há pouco aos professores da primeira matéria que cursou na segunda faculdade. Uma matéria atípica, a língua de uma civilização asiática de que poucos reconhecem importância. Assim, entre poucos interessados, insistiu em ir adiante no curso, que era o tempo de organizar seu pensamento para descobrir e se aperfeiçoar em muitos outros assuntos, relacionados à linguagem...

taxista marx

Nícol acha engraçado que as melhores brincadeiras com palavras acabem sendo esquecidas. Elas chegam à sua mente em momentos de difícil anotação (como quando estava na danceteria). Nesses momentos, sente que não há tanta importância em guardá-las, ou que não seria difícil lembrar-se dessas mesmas brincadeiras depois; se as esquecesse, paciência. É como o sonho. Quando ele tem preguiça (ou avalia como esforço desnecessário), acha que será possível fazer a anotação em outra hora, mas isso não ocorre, porque não há mais lembrança. O sonho, aliás, é questão de segundos: bastou desviar o pensamento no caminho da cama até o computador que não se lembra mais dele.

Ele está um pouco ressacado, mas será a última vez antes do dia mais importante dessa fase...

Nícol quer andar na areia a falar do mar e do amor, vendo que as coisas podem ser simples: "Esteja à vontade". Lembra a sensação que teve no dia anterior, de olhar a rua, os prédios, sua casa, a cidade que é sua casa, porque a conhece bem. Já não é aquele mar vasto, a areia para pisar à vontade (agora ouve uma tosse de vizinho, talvez pra reclamar do seu cigarro logo cedo).

Aí resolve passar pela banca ainda fechada, logo cedo (acordou de noite e só começou a amanhecer por volta das 6h30 min, quando lá o sol nascia às 6h daqui), vendo a cidade e achando tudo poético, dando vontade de escrever.

Nícol misturou as duas frases: "Só o caos dentro de si pode dar luz a uma estrela" (Nietzche); "Gente é pra brilhar, não pra morrer de fome" (Caetano). Pensou: logo, "o caos dentro da gente brilha em si sem morrer de fome à luz de uma estrela...".

> Sente-se o cometa sem rumo, que por um acaso natural (como o que criou a vida) explode (agora com o brilho e direções definidas por um ponto de partida) e lança seus estilhaços (agora com vida).

Há mulheres gostosas na praia em que está: já viu pelo menos duas, uma de cada lado. A primeira parecia estar sozinha e o olhou mais de perto. Da outra, carioca, muito jeitosinha de tudo, não deu pra ver bem o rosto...

> Mas a noite foi meio estranha e só quando acordou as coisas pareceram voltar ao lugar. O barulho da máquina de cortar grama fez parecer uma rebeldia dos trabalhadores. Realmente, não podia ser outra coisa além de atitude provocativa fazer barulho às seis e pouco.
> Na padaria também o clima era meio diferente. Seria o tal clima de revolta instigado pelos partidos e facções criminosas? E aí? Como Paulo recomendaria essa conversa? "Meu amigo, seja sensato: a essa horas as pessoas dormem, e o barulho da máquina se ouve de bem longe".

No fundo ele tinha uma noção exata da própria paranoia.

rejeição

A conclusão a que chegou (oposta à do analista, que o considera burro e atribui todas as rejeições a um processo interno) é que não depende dele a rejeição de uma mulher. Não é por causa de um comportamento seu, ou imagem errônea ou certa que passe, mas por um processo alheio a ele, dentro da cabeça dela. Um processo que se chama "acaso". Por acaso ela não o quer. Tentar, com ela, ele tentou ao máximo. Com outras, nem chegou a tentar. Tentar é necessário, ou as chances serão mínimas.

Há uma mulher que o rejeita e é motivo de tristeza, mas tristeza maior é não vê-la. Ela existe, é autossuficiente, serve apenas de musa de inspiração aos seus trabalhos, já que não atende como mulher à sua demanda.

Ele ali a escrever e não precisa ler jornal: o jornal ficou com ela, pelo menos o jornal…

Ela gostava de homem do tipo exigente, mandão e convencido (pelo menos abriu mão do "sacana"). Se ele não era assim, ela iria atrás de quem fosse, porque só sentia prazer sexual quando humilhada.

Dele ela não quis praticamente nada, nunca quis se envolver mais do que superficialmente (e por dois períodos curtos), muito menos conhecê-lo a fundo. É talvez o medo de amar, dizem, ou a prudência, julgam.[1]

---

[1] Trechos escritos de julho de 1994 a setembro de 1997 e de janeiro de 2006 a fevereiro de 2012.

anotações

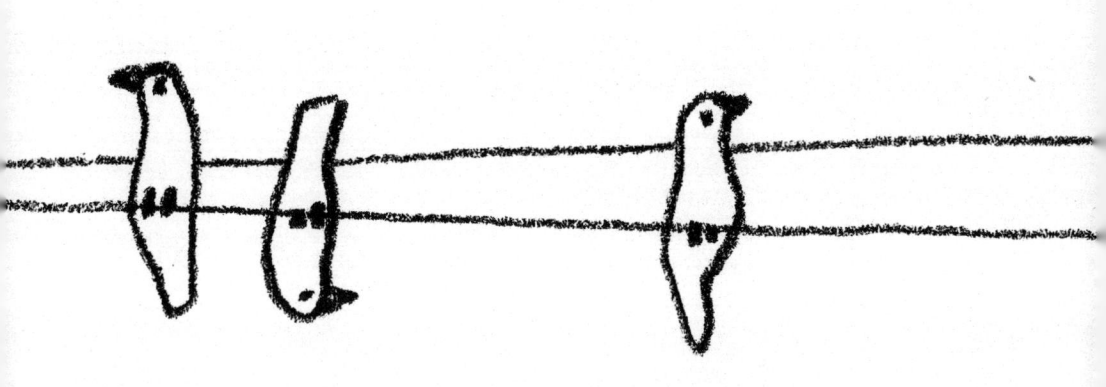

frases

Fulano se recuperou da loucura, mas não saía mais de casa. Não saía, nem de asa.

Qualquer movimento, mesmo que sectário, fica melhor com a ajuda de um secretário.

Que importa a porta? Importa a parede em si...

E você, o que quer de sobrenome? Caldas? Leite? Café?

93-96

Simples devastação: havia no Havaí
o chamado "machado".

Cartaz no hall: *evite conversas desnecessárias
no elevador; finja que não é com você.*

Nossa ministra mostrou a posição retrógrada
que tem na política: mente falando.

02-04

General Pedro Paulo, que também é padre, prega regra mais rígida do que rigorosa, ainda que retrógrada.

No Carnaval, tudo que fazia falta agora abunda (e principalmente a alegria é que abunda!).

Prefiro as mal traçadas (e até bem digitadas) linhas de referência a nenhuma coisa que não seja outra alguma.

06-07

Em frente à praia de nudismo, ela se despe e despede-se de nós.

Hoje todo mundo é igual, isto é, diferente... (do que é).

Sentou na cama e botou o tênis sem meias palavras.

Quando o feriado é de Tiradentes, não seria desrespeito enforcar a segunda-feira?

O primeiro gol veio logo no primeiro minuto; o segundo, em segundos.

Pensar na própria imortalidade é quase uma imoralidade...

Nossos avós tinham nomes que se juntavam na palavra "claramente".

Duplo sentido: ela vai colocar a venda.

Os engarrafadores de avenidas, seguindo as novas táticas do tráfico, *porão* tudo no *porão*.

De férias na orla, coronel Baleia baleia sem querer uma baleia.

Tropas já vão sair da casa que estão.

08

Achamos o filme super hiper ultra legal: o máximo.

Filho homem tem que ter um carrossel![1]

09

Domingo talvez seja o *primeiro* dia da semana, mas não há dúvida de que faz parte do *fim* de semana.

Menina que não conecta fica desconexa.

Para o nascimento da semente, fez-se o amor.

Lançamento de livro: "Durante o evento haverá um bate-boca entre a autora e o crítico Eusébio Caolho".

O velho artista, arquiteto decrépito, mostra seu trabalho-decomposição.

Nâni preferiu filho homem, para que pudesse chamar Dirceu.

Ouvindo blues me inovo e movo.

Segundo Cao Marques, marxistas são homens que se aproveitam das mulheres, usam-nas e depois espancam. Também existem os marxiitas, ainda piores, porque batem até em macaacas.

Se os políticos fossem metade do que se dizem, já deveríamos nos curvar diante de tanta "excelência".

O novo ministro está mais para um "bolião caspador reversível".

---

[1] Sobre música do Ultraje.

Já experimentou emoção no pão *fransation*?

Metade de nossa criatividade é a metade do que somos.

Por flutuar se vai voando. ²

Não confundir "faca calcada na forca" com "faça calçada na força" (esta frase seria séria).

A segunda minuta demorou um minuto e um segundo.

Com o aperfeiçoamento da bússola e do astrolábio, navegar se tornou mais preciso. Viver, mais impreciso.

Em uma rede exposta ao sol, deu-se, não sem nada a perder, o resumo de uma conversa antiga:
    – Você não me quer?
    – Não.

Até que o cara está bem, mas parece que foi submetido a uma espécie de tratamento psicólico.

10

---

2 Sobre dito popular.

Sem Vicente, não se sentia convincente.

Obrigado pela atenção, mas o ditador foi *obrigado pela tensão* a renunciar.

Pedalar também faz bem ao paladar.

O livro é da época em que o "estudo do sagrado" era "segredo de estado".

Naquela caatinga não havia flor que a si cheirasse.

Hoje passeei com ela, ao meio-dia e meia de um dia no meio do mês de maio.

Com a informática menos problemática, a matemática torna-se automática.

Sistema operacional: *the wisdom in the window.*

O trem nos proporciona autonomia locomotiva.

A separação judicial é pré-judicial à criança.

Só de ouvir "ou seja", já boceja.

Crise no porto: o *cais* está um *caos*.

Veatriz Bieira, a vela torcedora do Basco e do Votafogo, beio ali me dar as voas bindas; e com seu veijo gostoso me agradou a baler.

A ksatria Xaquira gosta de cekso.

Aldeãos, panteões, leões: o Laos está um caos!

Ela saiu do banho de toalha enrolada e ele entendeu (estendeu) o que queria.

Nos EUA, cada novo tornado tem se tornado uma grande preocupação.

No estádio à beira-mar, a altitude era nenhuma, ou seja, uma "baixitude".

Tigre-me daqui!

Afinal, o ser humano é animal ou planta? Não falam que as pessoas têm raízes?

Quando a meteorologista falou que ia chover, já achou que ia fazer sol...

Aquela torta está torta...

A ordem o produto dos fatores altera não.

Comemorou o *réveillon* à revelia.

12

diálogos

– Dá o ovo do vovô!
– Do vovô uma ova, o ovo é da vovó!

– Como tem previsto?
– Anos, eclipse, ser, sol, sonho, polos, deserto, buraco...

JAN/94

– Toc toc toc.
– Between...

– Once more?
– Make pair too. [3]

AGO/08

– Be moon the all... (62)
– Tree! (70)

JUL/10

---

[3] Como aquelas mais manjadas: "put a keep a real", "pay she free too"...

princípios

1. Não me comovo com nenhuma causa política. Aliás, não me comovo com nenhuma causa. Aliás, não me comovo. Aliás, não. Aliás...

2. Aliás: alia; ali; al; ᴀ

JUN/03

ditados

– Antes narde do que tunca.
– A presa é a formiga da persecução.
– De vagar cê vai ao monge.
– Melhor mamão no peito que luvas no sutiã.
– Quem não ouve baião dança xaxado.

DEZ/03

provérbios decorrentes

– Com boca fechada não se vai a Roma.
– Só entra mosca em boca de quem vai a Roma, para onde levam todos os caminhos (e aqui fazem falta).
– Toda boca fechada leva o caminho em que não entra mosca a Roma.
– Só com boca que mosca entra é que se vai a Roma?
– Com boca fechada só não se sai do lugar. Entra mosca em boca de quem vai a Roma.

    – Em mato sem cachorro quem caça precisa de gato.

NOV/07

variações do mesmo

– Amor de bola é o que rola.
– Amor de foca é o que toca – de paca é o que saca; de bode é o que pode; de galo é que falo; de boi é o que foi; de mula é o que pula; de cão é o que dão.
– Amor de fato é o de tato...

inflexões

– No projeto da doca, deixou a entrada da garagem mais baixa, para entrar só a "cabecinha" do caminhão.
– Terá sido por acaso? Alguma coisa, os portugueses sabiam que havia por ali: e com a nova tecnologia, dos arquivos deslocando-se aqui e lá dentro de uma mesma máquina, disseram que estavam sendo transplantados a torto e a direito.
– Fizeram uma lavagem de papel higiênico na cabeça do meu amigo, só porque ele estava bêbado.
– Nesta festa, faça o que quiser, desde que você faça o que quiser.

OUT/04

A expressão "bola oca" (Caetano) remete a: coca loca, cloaca, cala boca, loba boba, etc.

A-lea-tória: rosto-do-corpo.

SET/07

nomes

PARA CONTOS
Travessias de vassouras
Ortodontia ortodoxa
Elogio ao Colégio
Iansã anciã
A fábula na mandíbula de Fabíola
Secretária em mobilização sectária
Mônica e a Máquina
O albatroz de Alcatraz
Fricção científica
América Onírica
Alice Spector
O segredo da estátua
Luana e a flor
Malu e o cão
Ivã no divã [4]
Cem palavras
Poeira cósmica (ou: A Pedra cósmica)

DUPLAS CAIPIRAS, BANDAS ETC.
Letra elétrica
Tempo bom e Toró
Dedos indo
Escassez e abundância
Os irredutíveis
Lucro(s) bruto(s)
Alea jacta est (rock)
Os Tensivos
Matriz energética (banda jovem)
Simples cidade [5]

[4] Ou: No divã com Ivã
[5] Ou: *Tenaz cidade* etc. etc.

Lobos uivando (banda masculina)
Laranja Pera e Banana Maçã (dupla)
Olavo e C. Enxuga (dupla)
Luthier e *marchand*
Capinã e os onze tonzés (ou doze, que é a dose)
Loira joia (pagode)
Pequenão e Grandinho
Ademir e Ademar
Lobos Ruivos
Vamsk vams (ou Vamskvâmus)

PEÇAS DE TEATRO

Que absurdo, Dulce!
Aloísio e a Luísa
Barulho A4
Odeon [6] de todos
Até quando, Gioconda?
De *ingeniero* à *lingerie*
Sujeito a guincho da mulher objeto e bugre do milênio
Rola Durante
Narciso indeciso
"Sá co mé"
Tendão daquilo
Relações amorosas (superando as monstruosas)
Absorvidas pelo juiz
Essas coisas, nesses casos...
Banana humana
Rapsódia epistolar

---

6 Teatro grego coberto para poesia, música etc.

CRÔNICAS

Çidade Linpa e Limda (a influência dos textos arcaicos)
Estética Estática (estudo de tratados)
Barraco Barroco (... das questões de moradia)
Cidades citadas
Origem da virgem (estudo sobre a mitologia da mulher pura)
Torneira e troneira (... comparativo)
Raízes e razões da realeza (mostrando que ela veio de um chefe militar... – também poderia ser da medicina, das armas etc.)
Idiossincrasia político-familiar
Beios serelas (she said that she's sad)
O dragão de Aragão (sobre a Idade Média ibérica)
Pagão sobre o vagão (personagem do anterior)
Uma Bolívia *unbelievable*
Conferência sobre circunferências
Hexágono exagerado (o problema dodecagônico)
Pela arte que me toca...
O contacto com o autóctone
Laura a loira (mesura artificial)
Estudos individuais sobre a relação do acaso
Referência à reverência
Crônica da paixão crônica (ou da doença, da ideia etc.)
Da importância de haver dias feios
Retornar e retomar (palavras aproximadas por ilusão de ótica, como imitar e irritar)
Antes de haver cidade (a Lua e a Cidade, a Cidade e o Mar, Carolina do Norte, a lua e o rio etc.)
O Descobridor (Pero vinha de Camaz...)

Não tem "portância" (você sabe a exportância de tudo o que
    se importa?)
Letargia sinestésica (de imagem e som – não inclui liturgia)
Deus e a dúvida
Glória e alegria
Os trafegantes
L' orange original
Fruta que "fariu"
Magia sem mágoa
Tanque (ou *funk*) tranquilo

LITERATURA INFANTIL
O rato Roy *et le lion rouge*
Arraia e a raia
Aranhas de aeroporto europeu
A mosquita moscovita
Gato, pato, rato e tatu
Leoparda a galope (com a fúria dos gatos galáxicos)
Recanto do mundo em que cantam as doze luas
Pequeno xeque-mate
O alagadiço e o... ah... larga disso!
Galerinha subterrânea
Os três mosquiteiros
Tijolo singelo
Bonde +
Ligeireza
Tubarão martelo e macaco prego (ideia de Isabel)
Bobby o bobo
Velho ou Avô (ou, Avô o velho)
A banca bacana (em forma de cabana)
Craca à toa
Flor da Lua

CAPÍTULOS BIOGRÁFICOS

Amy Wine (Admin. M. de Ytu e suas adegas em Lisboa e S. Paulo)
Ruas das Flores
O chinelo chileno
Raro lazer e raio laser (início de namoro)
O elixir do druida (a definir qual)
Enteada já penteada (ela e o pente)
Os tais túneis (referência ao avô engenheiro)
A minhoca do Nokia
Da manga umbiguda... Manga *be good*
Moça do Una, lúcida e lúdica (paixão e dona do pedaço)
Sentimento recíproco
Casual e Causal (ocaso do acaso)
Coesão e coisão (cria-n-ções de *la Margaux*)
A Margaux – a revista pluri-mensal de assuntos interligados por uma coisa ou outra (ideia alheia, mas que saiu com nome diferente)
Sem hora do acaso (ou, Ocaso sem hora, Sem hora da queda, Sem hora do ocaso etc.)

CAMISETAS ETC.

Pêssego: paz e sossego
Turnê com suflê
Just because
Ferocidade
Sorte certa
Lar particular
Eva & Lopes Envelopes
Moradia de Morais
Borracha estática (ou bala elástica – bolacha falsa)
Purso filme (*Purso* filmes – *Ventos* eventos)
Filmes de ciúmes
Back to Sampa
Ternura Eterna (tristeza e alegria sem fim...)
Vale novo – *A pena Verde*
Ótica hipnótica
Simplinh e Simplim
(R)elogio

INDEFINIDOS
    Para não esclarecer
    Extra-feira (estradavida)
    Oito "do bem" (manjada...)
    Copos e oops (copos e ops, ups...)
    Rio generoso (ou, o caudaloso e já cauteloso)
    Natureza abrupta de Gupta: agrupta
    Torrências: poço em falso (ou, passo em fosso)
    Turista altruísta, amoroso e moroso
    Los hormônios
    Banqueiro roqueiro (o barqueiro e o banqueiro)

AINDA OUTROS (MAIS E MAIS...)
Estrela estelar
Senhora Marcada
Vexame de abelha
Jardim para ficar
Voo da razão
Lavados pela chuva
Mouses e Mousses
Supus que as sapas...
Tálus
Arbusto abrupto
Esper' entrar
Ananias e o ananás (ou: Ananias e o onanismo)
Pá pelada
Chá Pelando (ou: Chá Pelan'o)
Café Olé (ao Cafuné)
Geleia gelada (de óleo com baleia)
Gametas e a lâmina no corpo

personagens

Júlia Lúcia
Oscar Carlos
Jorge Borges
Joana Júlia (amiga de Maria Sofia)
Mônica Simone Caldas (Verônica, Mônica, Alessandra e Sandra)
Inocêncio Eugênio (ou Eugênio Inocêncio, possível amigo de
    Nícol: "o cara era tão santo que o nome dele era…")
Luciana Juliana, Mauro Moura e Danilo Camilo
Nomes em a (todos bonitos: Marta, Sandra, Ana Clara etc.)
Laís Taís
Luísa Lúcia
Luiza e Luzia
Kate & Keith
Dayse & David

fragmentos dispersos

momento criativo

No começo não havia nada: ficou tudo em estado de 'nada haver', por zilhões e zilhões de anos.
A grande explosão ocorreu em um átimo (ou talvez no décimo de centésimo e milésimos disso), podendo antes ter havido uma...

     Cha-
      coa-
     Lha-
      di-
     Nha.

MAR/12

com gosto de nícol

Nícol entende que as palavras dicionário e dinossauro têm algo em comum, a grandeza em relação aos outros livros e bichos. Também notou semelhança entre as palavras Nordeste e Mordeste.

Para Nícol, há tempos a masturbação deixou de ser tabu: cumpre-se o dever e homenageiam-se mulheres que se sabem sensuais.

No carro, vinha-lhe a mesma frase de música: "Fui ao banheiro só para ver se o cachorro estava lá".

Nícol aproveitou o eclipse para nadar pelado na piscina.

92-94

De tarde, na praia, foi até a ponta para ver conhecidas que lá não estavam. Mas voltou feliz, pelas gostosas que sim.

"Viva Deus", era o que pensava em dizer alguns segundos depois daquela grande alegria proporcionada pela moça de bicicleta. Linda mesmo, de *short* curto e com sua linda perna de pele morena à mostra. Mais próximo de casa (e aí, mais atento, "cumprimentou" a moça bonita que levava um daqueles *collies* miniatura para passear; perguntou a idade do cachorro e obteve uma resposta, que não fez questão de guardar), veio-lhe a frase mais clara do que podia ter dito: "Ai, meu Deus, como você é linda!". Ou ainda: "que mulher linda!".

O pobre empreiteiro achava que falar difícil era usar a expressão completa. Por exemplo, a demolição sairia na "faixa etária" de mil reais. Também achava que "sauna" era uma forma reduzida de "sauna gay", como definia para os pais do casal a obra que se comprometera a fazer.

No caminho, ouviu no rádio que as atividades com terra trazem bem-estar e *alegria emocional.*

Ao assistir com amigos aquele jogo eliminatório do campeonato feminino, Nícol, claro, não perdeu a oportunidade do trocadilho:
— Haverá disputa de "pênaltis"?

Ai, ai. Uma linda moça veio lhe pedir informação... Falava de dentro do carro, de baixo pra cima, toda maquiada... Níquel não sabe se explicou bem (espera que sim). Precisou e disse, quando ela saía: "Você é muito bonita, viu?". Era o mínimo.

09-12

willy recebe sally

Na "estrada-vida", ela já não faz nada por pena, medo ou remorso, mas por acreditar que é possível reconstruir a relação, solucionando ponto a ponto cada um dos conflitos...

>Antigamente, Sally tinha medo que um dia o mundo viesse a explodir. Hoje ela sabe que a maior ameaça é a seca.

>>Willy não fez a faculdade direito, mas fez a de Direito. Agora mesmo terminou o Cooper, que gosta de sentir quando já está feito...

>>>01–02

nícol também é gente

>Vendo Sally ali deitada, dormindo de boca aberta,
>Willy teve vontade de beijar...

Nícol pensa nas "vicissitudes" de sua engenharia poética. O que são mesmo? As "mudanças ou variações de coisas que se sucedem". Talvez a ver com a holística: algo não pode ser definido apenas em um estado (pois varia e é, estatisticamente, um pouco de cada coisa).

>Da mesma maneira, no caminho de volta da padaria viu o pôster com a atriz Mel Lisboa, parecendo que era daí sua vontade de fumar: na garganta, por relacionar o vício à lembrança de algo que existe e o satisfaria totalmente. Este *algo* que é sexual.

Lina era sua namorada desde que o nascimento (de dentro barriga já o acompanhava nos exames). Foi pra ela que escreveu:
Lisa colou as folhas como se fossem ilhas
Fez com que assim coubessem dentro de umas vasilhas

Ou:

Brahma criou as folhas como se fossem ilhas
Sonhos de amor contidos dentro das tais vasilhas

Foi por isso que o amigo lhe disse: "... é como um mar, que de vez em quando tem ondas boas de surfar; quando não tem ondas, tudo bem, podemos esperar as seguintes; ou então sair, e andar um pouco na areia...".

Escreveu uma carta emocionada:

Amiga
Não repare esses meus olhos inchados, são de chorar muito...
 Tenho ativa a memória e ouço a doce melodia que me faz lembrar a compra de flores e outros passeios coloridos.

Consultou sua anotação de perguntas:
– O que alguém que nunca pensa faz numa ilha?
– O que faz alguém pensar numa ilha?
– Etc. O que você pensa quando está numa ilha? (Para esta, a resposta é fácil: nela!)

Outro tinha o nome Ted Body. Também, o pai se chamava Eamor... E na ficha da escola, tinha vergonha de preencher o nome dos pais: Eamor, Nô Coração.

03–06

Naquela fase, Níquel se identificava com o Luís Melodia pela música:
"... a minha sina é viver embriagado, só assim esse desencontrado...
(ou estraçalhado, não lembra bem)... já não sabe o que passou" (e ele
ainda passa).

Para variar, tentou resgatar a música do Alceu Valença: "a chuva leve nas paixões que vêm de dentro (é como) nuvem chegando recobrindo os laranjais; (posso ver *você*) sobre o cavalo a seios nus e cabelo ao vento (não duvido, já escuto os seus sinais)".

Só pelas letras de música, Nícol já sabe que o mau político é merecedor
de "uma surra de chicote, pra sofrer" (L. Melodia).

Níquel se pergunta se haveria vida depois da desilusão amorosa. Segundo ele, quando é possível, segue-se uma hierarquia: *a- melhorar; b- ficar na mesma; c- não piorar muito*. E estava disposto a fazer de tudo para ter a namorada de volta, nem que fosse apelando às "forças do Bem" e, como diria o Duzek, "da maldade também"...

Tudo bem, ela se acha o máximo só porque é gostosa,
legal, inteligente e bonita. Mas é só isso.

Quase apaixonado, antes de sair deixou o bilhete: *para Cabi, com um beijo doce nos seus lindos olhos encantados e brilhantes*. E assim saiu, mas devendo voltar. Só não tão cedo e não sabe exatamente o dia. Tudo é parte da boa maneira com que resolveu tratá-la e tratar-*lhe*...

Havendo algo de divertido, já vale por alguma coisa, no areal em que se encontra... Mas vai deixá-la na dela, sem saber o que se passou dentro dele: um tumulto ainda maior, até de inconformismo...

06–09

enfim "nova *ela*"

Níquel estava em casa quando tocou a campainha e era a amiga de sua amiga, que ele conhecera na festa. A partir daquele momento, pareceu que ia começar uma nova vida para ele (era essa sua ilusão).
Depois da muita conversa regada a vinho (e tabaco que passarinho não fuma...), ela saiu dizendo que já voltava, trazendo um DVD com o filme sobre aquele século que pretendiam estudar. Sua impressão era de ser uma mulher totalmente fofa, e que eles podiam se dar bem.

"Digita pra mim", ela dizia, quase sussurrando no ouvido dele. Bonita e separada aos 30, estava difícil acreditar que ninguém mais a (m) amasse.

Nícol sabe o que é relativismo, mas entende que isso varia conforme o
que cada um acha. Por isso não vê coerência na ideologia da insurreição
Naquela noite sonhou com anagramas de "boa noite" (deite, leite) que pareciam fazer enorme sentido: *coa leite – Via Lacta – noite vem – deite bem – lua noiva – uma névoa...*

Nícol segue andando pela areia branca da praia... Mas ele agora
mora na Rua Homem de Melo Alves Guimarães...

Quando viaja de avião (e acha muito chato), Nícol inventa jogos de palavras: *o capitalismo (ou,
a economia de mercado...) é praticado em diferentes países; só não é praticado em países diferentes.
A música agrada a diferentes pessoas. Só não agrada a pessoas diferentes.*
Tudo está entre ela e a grande grade de madeira...

Níquel inova no tratamento ortográfico quando escreve: ...
antes de ir ànálise (até que ficou bom, mas o certo é: *à análise*)...

Achou que naquele dia ela foi fortuita e pertinaz. O que mais?
Que teve sorte e foi perspicaz...

Para melhorar o desempenho intelectual, Nícol sabe que não basta ser c.d.f.,
é preciso fortalecer os músculos da coluna. Foi para evitar esse tipo de dor
que ele aprendeu a sentar nos *whiskys*.

07–11

saindo
de si

Serão os outros mais sortudos? Mais sortidos? Entenda, enteada...
E finalmente preencherá essa lacuna (ou será laguna?)

Níquel sabe que "talvez" é uma palavra ótima, porque "abarca"
um sem-número de possibilidades.

        Também entende que uma extraterrestre vista de perto
        pudesse mesmo ser um tanto sensual...

A gata lambia o pote de leite, até não sobrar nenhuma gota.
O cachorro corria e mordia o próprio rabo, sem parar, até
que dormiu entre a terceira e a quarta volta.

        Nícol resolveu fazer o regime do "mã": macarrão na manteiga
        com manjericão, mandioca e mandioquinha, mamão e manga
        pela manhã etc.

93–12

© Filipe Eduardo Moreau, 2012

Coleção Laranja Original – Editores
      Jayme Serva
      Joaquim Antonio Pereira
      Miriam Homem de Mello
Revisão   Ieda Lebensztayn

Projeto gráfico Celso Longo / *Assistentes* Luana Graciano e Manu Vasconcelos
Ilustrações Veridiana Scarpelli

Nesta edição, respeitou-se o novo Acordo Ortográfico da Língua Portuguesa.

Uma publicação da Editora Intermeios Ltda.
Rua Luís Murat, 40 – Pinheiros, São Paulo, SP, CEP 05436-050
(55 11) 23388851 / 43239737
www.intermeioscultural.com.br

DADOS INTERNACIONAIS DE CATALOGAÇÃO NA PUBLICAÇÃO – CIP

M837 Moreau, Filipe
Mitologia das abelhas e outros contos. / Filipe Moreau. – São Paulo:
Intermeios, 2012. (Coleção Laranja Original).
296 p. ; 16 x 23 CM
ISBN 978-85-64586-42-0
1. Literatura Brasileira. 2. Contos. I. Título. II. Intermeios Casa de Artes
e Livros. III. Série.
CDU 869.0(81)   CDD B869.1

Catalogação elaborada por Ruth Simão Paulino

Fonte DTL Elzevir
Papel (miolo) Pólen Bold 90 g/m²
Papel (capa) Cartão Supremo Alta Alvura 300 g/m²
Impressão Graphium
Tiragem 500